110 %

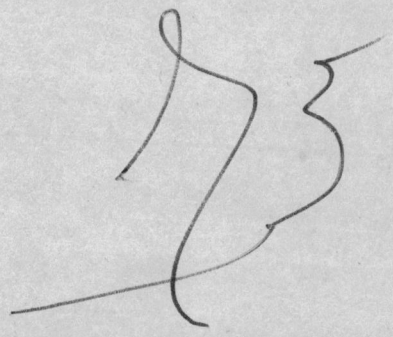

David Douillet

110 %

18 clés pour devenir
un champion de la vie

À Valérie,
À mes enfants,
Et à tous mes « rochers ».

Avertissement

Les phrases, citations ou proverbes qui figurent au début de chaque chapitre de ce livre sont des petites idées qui me viennent à l'esprit lorsque je suis confronté à certaines situations.

On les doit à des gens aussi différents que le philosophe chinois Lao Tseu, Coluche, Albert Einstein, ou ma grand-mère Blanche... C'est dire si le Panthéon de mes références est une grande bâtisse !

Tout peut changer.
Aujourd'hui est le premier jour
du reste de ta vie.

Introduction

DEVENIR UN CHAMPION
DE LA VIE

Voilà bientôt un an, je gravissais la plus haute
marche du podium olympique à Sydney. C'était en
novembre 2000, et j'étais sacré meilleur judoka mondial après un combat qui a duré cinq minutes. Trois
cents secondes de folie où l'histoire aurait pu changer
de « protégé » si mon adversaire avait su trouver dans
son cœur la force de renverser ma détermination et
mon envie de vaincre. Ce jour-là, à cette heure-là,
j'étais certainement le plus fort. C'était ma dernière
grande victoire sur les tatamis et il ne fallait pas que
je rate ce rendez-vous.

Revenu sur Terre, de retour en France, j'ai eu
maintes fois l'occasion de parler de mon combat et de
ma médaille, d'expliquer comment j'avais vaincu mon
adversaire, ce géant au cœur si lourd. J'ai été accueilli

comme une sorte de héros moderne : les honneurs, les sourires et les marques d'amitié m'attendaient chez nous comme autant de récompenses supplémentaires. Jusqu'à cette information surprenante : je devenais n° 1 dans le cœur des Français devant l'abbé Pierre, que j'admire tant, et Zizou qui a fait de juillet 1998, avec tous ses « potes » de l'Équipe de France, le plus beau des étés !

Depuis des mois, parce que la modestie a toujours été à mes yeux une valeur cardinale chez les hommes et les femmes que je rencontre, j'ai essayé de comprendre ce qui me valait tous ces cadeaux de la vie. Bien sûr, je suis un bosseur invétéré, je me suis entraîné comme un forcené depuis près de vingt ans pour préparer mes victoires, je n'ai volé mon palmarès à personne et, avec ma femme Valérie et nos enfants, je crois avoir réussi ma vie familiale au-delà de ce que je pouvais espérer. Ai-je une « potion magique » ? Un secret ? Un gourou ? Non, je n'ai fait que suivre une éthique de vie et de rapport aux autres. C'est cette éthique que je voudrais vous faire partager dans ce livre articulé autour de quelques idées-forces, de clés indispensables à mes yeux pour aller de l'avant et relever ses propres défis. Avec, en plus, un message personnel : s'il y a peu de chances pour que vous montiez un jour sur un podium olympique, vous pouvez tous devenir des champions de la vie !

David DOUILLET

- Clé n°1 -

LE RÊVE

Toute œuvre réalisée s'est construite
sur les fondations d'un rêve.

Le rêve est le moteur de toute réussite, qu'il s'agisse de fonder une famille, de monter une entreprise ou de devenir champion du monde. À six ans, je rêvais déjà de judo et de palmarès mondial. Outrecuidant ? Non. Pourquoi serait-il prétentieux de ne pas nous contenter de la place qui nous a été dévolue par notre naissance, par notre milieu, par les chemins que d'autres ont tracés pour nous ? On ne nous a pas donné la vie uniquement pour manger, boire, dormir et nous reproduire, mais pour « faire quelque chose », à quelque niveau que ce soit. Et surtout pour avoir envie de le faire sans nous arrêter aux mises en garde des Cassandre qui nous serinent que « c'est impossible ».

L'inaccessible étoile

Sans les rêves, l'humanité entière se serait de tout temps résignée à végéter en assouvissant ses instincts et en satisfaisant ses besoins matériels immédiats. Jamais l'homme n'aurait été capable de se dépasser, de se surpasser même, pour transformer la nature, améliorer sa condition, embellir sa vie et celle de ses semblables. Il faut nous rendre à l'évidence : tout ce que nous voyons autour de nous, tout ce qui s'est fait et tout ce qui fait le monde dans lequel nous vivons n'existerait pas si quelqu'un ne l'avait un jour rêvé. Pouvoir plonger au fond des océans, voler en avion ou tout simplement rouler dans une automobile, être capable de greffer un cœur ou une main, de communiquer en quelques instants avec les antipodes ou de s'arracher à l'orbite terrestre pour se projeter sur la Lune paraissait absolument impossible jusqu'à la fin du XVIIIᵉ siècle. Impossible, mais pas impensable ! Par exemple, Icare, Léonard de Vinci et Savinien de Cyrano de Bergerac, pour ne citer que ceux-là, avaient chacun à sa façon rêvé de s'affranchir de l'attraction universelle, mais il fallut attendre qu'un savant comme Pilâtre de Rozier mette au point une montgolfière pour qu'un homme puisse enfin s'élever dans les airs.

Vous me rétorquerez que vous n'êtes pas Léonard de Vinci, ni le savant Truquemuche, ni Einstein. Soit. Mais que cela ne vous empêche pas d'avoir dans la tête un projet étoilé.

Choisissez votre rêve

De manière « réaliste », si paradoxal qu'il puisse y paraître. Car il ne s'agit pas de « rêver sa vie » en se fixant des buts irréalisables : c'est le propre des ratés de l'existence qui évoquent jusqu'à la fin de leurs jours les prouesses qu'ils auraient pu faire « si »...

S'ils en avaient eu les moyens ! Alors évaluez les vôtres. Il serait puéril et vain de poursuivre un rêve déraisonnable. Vous pouvez espérer épouser l'héritière d'une fortune colossale ou trouver un jour le trésor des Templiers, mais sachez que ce genre de rêve s'apparente plus au fantasme stérile qu'à un projet de vie. Maintenant, si vous rêvez de devenir pilote de ligne avec une myopie aiguë doublée d'astigmatisme, vous n'êtes pas en plein rêve mais en pleine inconscience. Aurais-je pour ma part souhaité piloter une voiture de course ou un avion de chasse que j'en serais encore à bâtir des châteaux en Espagne : avec mon mètre quatre-vingt-seize, même bien tassé, je n'aurais jamais pu me faufiler dans un cockpit. Quoi que je fasse !

En ce sens, le rêve nous permet de nous calibrer, de donner notre pleine mesure en nous confrontant, jour après jour, à notre idéal. Les uns se contenteront de former le projet de construire une maison, d'autres rêveront de marcher sur les traces du capitaine Nemo ou du commandant Cousteau, de devenir pilote de Formule 1, astronaute ou prix Nobel de médecine. Leurs proches pourront toujours crier au fou, même s'ils ne décrochent pas la lune, ils s'accompliront en tendant vers leur idéal. Ne parviendraient-ils qu'à pratiquer la plongée sous-marine, voler le dimanche dans un vieux coucou, bricoler une voiture de sport pour s'offrir des sensations sur un anneau de vitesse, lancer des fusées miniatures ou se faire embaucher dans l'équipe d'un célèbre scientifique, ils n'auront pas fait une croix sur leur rêve et resteront toujours concernés. Et, qui sait, une rencontre, un coup de pouce ou la chance fera peut-être un jour basculer leur destin.

Le rêve construit le réel

Ce qui importe, ce n'est pas d'assouvir ses rêves tout de suite mais de tendre à les assouvir. Le rêve doit être un moteur et son apparente inaccessibilité un aiguillon. J'ai un copain qui rêvait de piloter une Formule 1. Il n'avait pas l'argent. Quand on sait ce que coûte une voiture de course, sa mise au point et les entraînements sur circuit, on ne peut pas dire qu'il avait choisi la facilité. Eh bien, malgré ça, il est devenu pilote de course. Au départ il balayait les stands, puis il est passé mécano et un jour un type lui a fait essayer une grosse cylindrée. Le reste a suivi.

Je connais un autre garçon qui rêvait d'être pilote d'avion. Lui non plus n'avait pas le moindre kopeck pour s'offrir la formation nécessaire. Il n'a pas baissé pavillon pour autant. De petits boulots en petits boulots, il est entré dans une compagnie aérienne en tant que steward, il a mis de l'argent de côté puis il a emprunté et s'est inscrit dans une école de pilotage. Aujourd'hui, à trente-cinq ans, il a décroché son diplôme. Pilote de ligne, il est endetté jusqu'au cou mais il s'en fout, il vole, et avec ce qu'il gagne il finira bien par rembourser ce qu'il doit.

Nous avons beaucoup plus de chances de réussir nos rêves et notre vie que de gagner au Loto.

Pourtant, chaque semaine, des millions de gens misent de l'argent dans des jeux de hasard sans que la fortune tant espérée leur sourie. Peu leur importe. Tout ce qui compte, à leurs yeux, c'est que s'ils ne jouent pas ils ne risquent pas de gagner. Cela ne fait aucun doute, même si cela revient à confondre les moyens avec la fin. Être riche, pouvoir dépenser sans compter et satisfaire ses moindres désirs n'est pas une fin en soi. La frénésie de consommer, où un clou chasse l'autre, ne peut tenir lieu de ligne de vie. Elle n'est qu'une fuite en avant, une pauvre compensation à la peur de mourir. Or rien ne tue plus inexorablement que le fait d'avoir étouffé ses rêves.

Ne rêvez pas par procuration !

C'est, semble-t-il, le lot de beaucoup de personnes dans la société actuelle. D'un côté on semble vouloir tout normaliser, faire entrer chacun dans un moule, on veut que tous les enfants aient les mêmes dents bien alignées et que, si possible, aucun grain de folie créative ne vienne enrayer la machine. Moyennant quoi, puisqu'il faut bien rêver quand même, les médias nous abreuvent des réussites les plus spectaculaires, des extravagances de la jet-set et des exploits sportifs les plus audacieux.

Alors admirez ces idoles passagères, mais ne baissez pas les bras pour autant en ce qui concerne vos buts. Ne vous contentez pas de vous « consoler » en vous abrutissant avec la part de rêve que l'on vous propose sur papier glacé : ce ne sera jamais qu'un ersatz de bonheur.

Le rêve n'est pas un produit de consommation :
c'est un projet... à réaliser si possible !

Il n'est donc pas du domaine de l'utopie, encore moins de celui du miracle. Il demande même beaucoup de lucidité, de témérité et d'endurance.

Ayez le courage de vos rêves

N'oubliez pas que l'imagination, la créativité et le changement ne sont pas de tout repos ! Ils bousculent le train-train quotidien et déstabilisent les hiérarchies les mieux établies. Ils remettent en cause les « normes », et ce, quel que soit le domaine qu'on aborde.

Il faut toujours une dose de folie pour prétendre changer les choses et son existence. Et, surtout, il convient de ne pas avoir peur de se donner les moyens de mener à bien ses desseins. Ce n'est pas comme dans la pub : « Vous l'avez rêvé, on l'a fait pour vous », ou encore « Rêvez, nous ferons le reste ». Le reste, c'est à vous qu'il incombe.

J'avais seize ans lorsque j'ai eu la chance de rencontrer Fabien Canu, à l'Institut national des sports (INSEP). Avec lui, j'ai compris qu'en choisissant la compétition je ne m'étais pas offert une sinécure. Double champion du monde, Canu avait neuf ans de plus que moi et figurait l'incontournable modèle de référence de tous les judokas français. Il était venu nous voir pour nous expliquer ce qu'était la compétition de haut niveau, les efforts et les sacrifices qu'il fallait consentir pour l'atteindre. Rien de tout cela ne m'a découragé. Bien au contraire, Fabien m'a permis de donner corps et substance à mon rêve de gosse. Mon but, dorénavant, était bel et bien de marcher sur les traces de ce champion, celui-là même qui avait pris la peine de parler aux adolescents que nous étions.

Je me suis accroché à mon rêve, et l'on sait ce qu'il en est advenu. En à peine huit ans je suis devenu champion de France dans la catégorie des lourds. En 1992, je décrochais ma première médaille olympique (en bronze !). Mon adversaire, un Cubain qui avait gravi la deuxième marche du podium lors du précédent championnat, menait depuis le début du combat. J'ai puisé dans mes dernières forces et lutté jusqu'au bout pour arracher cette victoire, à vingt secondes de la fin ! L'année suivante, je décrochais mon premier titre de champion du monde.

Plus que la consécration que représentait ce titre, c'est le défi que j'avais relevé qui importait pour moi. Là j'ai vraiment pris conscience de mes possibilités. Certes mon rêve s'était accompli, concrétisé, mais ce ne pouvait être l'aboutissement de ma carrière. Je voulais aller plus loin encore. Renouveler mes exploits, améliorer mes performances, devenir le *number one* toutes catégories, m'imposer comme le meilleur des meilleurs pendant plusieurs années...

J'en ai rêvé, je me suis battu pour y parvenir et au bout du compte je l'ai fait. En disant cela je mesure ma chance, car réaliser un pareil rêve n'est évidemment pas donné à tout le monde. J'étais probablement ce que les Anglais appellent *the right man in the right place*. Né au bon moment et au bon endroit – ayant de surcroît bénéficié du soutien des miens, de mes amis, de l'INSEP et de mes entraîneurs –, je ne dois pas qu'à mon opiniâtreté, à mon endurance et à une exceptionnelle constitution physique d'avoir réussi ce pari insensé.

Pour vous c'est pareil. Mais oui ! Quoi que vous entrepreniez, il vous faudra vous arrimer solidement à votre rêve et ne pas vous décourager. Si vous voulez devenir jardinier de votre ville, il vous faudra apprendre à connaître toutes les essences qui l'ombragent, quelles fleurs planter à telle ou telle saison, comment protéger les massifs, et cela, bien souvent, en maniant pendant des années la pelle et la brouette.

Et vous devrez dans le même temps échafauder votre plan de carrière personnel, ne pas laisser s'effriter votre rêve, ne pas vous lasser, ne pas devenir blasé.

**Il y a des types qui réalisent
des choses incroyables en partant de rien,
parce qu'ils se sont accrochés à leur rêve.**

Mais rien ne dit qu'ils ont eu, pendant ce temps, une existence confortable ! Dans tout ce que nous entreprenons, il y a une part de créativité. Et que ce soit pour les artistes, les sportifs ou les cultivateurs, la créativité n'a jamais été synonyme de confort.

Réaliser ses rêves
ne signifie pas y mettre fin

À vingt ans, vous souhaitiez ouvrir un restaurant de qualité, vous à la cuisine, votre femme à la réception. Vous avez travaillé, emprunté dans ce but, tout en élevant deux bambins. À trente ans, votre vœu s'est réalisé, et vous avez mis tant de cœur à l'ouvrage que vous affichiez complet tous les jours. Vos clients étaient vos amis et néanmoins les rois. Votre femme avait un sourire pour chacun, et vous inventiez des plats nouveaux à toutes les occasions. Devant l'affluence de la clientèle, vous avez décidé d'acheter un établissement plus grand, ce qui est parfaitement légitime. Les charges se sont accrues, les enfants, devenus adolescents, troublent votre quiétude, les clients vous font suer, vous êtes devenu un cuistot plan-plan et votre femme a ses humeurs, ce qui nuit toujours au commerce. Où est passé votre rêve ?

Un rêve, il faut l'entretenir,
le remettre au goût du jour,
le dépoussiérer fréquemment et y penser souvent.

Réfléchissez un peu avant de clamer que vous en avez « assez ». Je parie que si l'on vous privait du jour au lendemain de votre « calvaire », vous seriez prêt à tous les sacrifices pour le retrouver. Ne vous laissez pas étouffer par la monotonie de l'habitude. Et si l'âge vous contraint, pour des raisons diverses, à renoncer...

Changez de rêve !

Remettez-vous en question avant le pot d'adieu « pour cessation d'activité », comme je l'ai lu un jour, horrifié, sur un carton qui m'invitait à fêter une retraite. Accrochez-vous à un nouveau rêve : collectionnez les timbres, écrivez, peignez, investissez un autre domaine qui vous plaît.

Maintenant que j'ai réalisé mon rêve de gosse, n'allez pas croire que je ne rêve plus. J'ai trouvé autre chose. Je me suis mis dans la tête qu'un jour je voyagerai dans l'espace. Quel que soit l'engin qui me transportera, j'irai me balader là-haut, en apesanteur. Et pour mettre un maximum de chances de mon côté, je me documente et j'essaie de rencontrer tous ceux qui ont fait le grand saut ou qui sont branchés astronautique. Je vais même, tout prochainement, assister à un lancement de la fusée Ariane. Sait-on jamais... Peut-être que quelqu'un, par hasard ou autrement, finira par se dire que l'on pourrait me confier telle ou telle mission ?

Il n'y a pas d'âge pour rêver.

N'abandonnez jamais ce désir qui procure la joie d'exister. Une personne qui ne rêve plus est une personne morte.

- Clé n° 2 -

LA PASSION

Le cœur est comme un étang,
quand rien ne l'agite tout reste au fond !

Le rêve, c'est le haut du podium, la passion c'est la flamme olympique. C'est ce feu qui t'anime et fait que, même si tu ne remportes pas les ultimes victoires, tu es heureux dans le métier, le domaine que tu as choisi.

Une source d'énergie fantastique

Telle une lame de fond, la passion nous porte, nous laisse sur la crête de l'existence et en devient le moteur. On ne se demande plus pourquoi on vit, on sait que c'est pour elle, par elle. Avant le désir de victoire, elle génère une fantastique énergie. Van Gogh n'était pas quelqu'un qui allait très bien dans sa tête, mais il a peint jusqu'au bout de sa route. La passion vous fait oublier les douleurs, qu'elles soient physiques ou morales. L'abbé Pierre, malade depuis des décennies, n'a jamais songé à se reposer. On dit que la passion vous dévore. En fait, ce qu'elle dévore en nous, c'est tout le négatif : l'égocentrisme, la mesquinerie, l'absence de courage. La passion nous entraîne dans une dimension supérieure.

Les rendez-vous de la passion

Certains découvrent leur passion très tôt, et s'y tiennent. D'autres devront faire plusieurs tentatives infructueuses dans des domaines qui ne les attirent pas vraiment avant de trouver « leur voie ».

Passion précoce, passion tardive,
l'important, c'est de la rencontrer.

Picasso peignait à neuf ans ; au musée de Barcelone, on voit les toiles qu'il réalisait à cet âge, confondantes de talent et de maturité : il avait déjà la passion. En ce qui me concerne, j'avais le besoin féroce d'une activité physique, j'adorais ça. J'ai découvert le judo. Mais pour être tout à fait honnête, avant le judo, j'étais fasciné par les sports de combat. Tout petit, devant la télé, je raffolais des films de cape et d'épée. Plus grand, je ne loupais aucun combat de boxe. La dualité des adversaires sur le ring me fascinait. J'ai toujours trouvé que ces combattants étaient plus courageux, quelque part plus humains, et avaient la passion chevillée au corps. En même temps, ces types de lutte relèvent de techniques secrètes, souvent originaires de pays lointains. Toutes ces énigmes piquaient ma curiosité. À sept ans, j'avais une idole dont je ne ratais aucun film : Bruce Lee. Il faisait des trucs incroyables, avec une gestuelle compliquée que lui seul semblait capable d'accomplir et qui bluffait tout le monde. Lui aussi était habité par la passion.

Dès l'âge de six ans, j'ai voulu faire du judo. J'avais vu une suite de reportages à la télévision, dévoré une bande dessinée, *Docteur justice*, où le héros gagnait sur ses adversaires, notamment grâce à ses prises de judo. Je pourrais citer ainsi mille détails qui m'ont fait sentir que j'étais fait pour ce sport. Pour des problèmes de proximité de club mais aussi de catéchisme, je n'ai pu le pratiquer qu'à partir de ma onzième année. Mais de six à onze ans, ma passion n'avait pas bougé d'un iota. Et je reconnais que c'est une chance de savoir très tôt ce pourquoi l'on est fait, que ce soit le foot, la chimie, la médecine, la mécanique ou la boulange.

Mais que les indécis ne s'affolent pas si même après le bac ou deux ans de faculté ils ne savent pas encore ce qui leur plairait vraiment. Je me souviens de parents désespérés par un fils insouciant dont ils avaient rêvé de faire un grand toubib. Le môme détestait les études. Pour le punir de sa paresse, ils l'ont envoyé un été travailler dans un garage tout en lui refusant la moto de ses rêves. Eh bien le gamin s'est mis à réparer avec acharnement toutes les motos qui passaient par là. Et un jour, un client satisfait lui a demandé si son boulot lui plaisait... Le client s'occupait d'une grande marque japonaise. Le « môme » qui désespérait ses parents est maintenant de tous les circuits...

Cela dit, il n'est pas besoin de réussir dans un métier pour avoir la passion.

Il y a des passions qui s'ignorent : découvrez-les !

Le type qui fait tout pour rendre heureuse sa famille, qui se bat comme une bête en faisant des heures sup' afin de rembourser le crédit de la maison qu'il a offerte aux siens, il a la passion ! La femme qui ne s'épanouit qu'en s'occupant des plus démunis, qui se sacrifie pour visiter les malades, vous dira que ces « sacrifices » n'en sont pas et, au contraire, la régénèrent ; elle a la passion ! Le chef d'entreprise qui a d'abord monté sa boîte pour gagner de l'argent — ce qui est tout à fait honorable — et qui soudain y passe ses week-ends pour l'améliorer, l'embellir, l'agrandir, a vraiment la passion ! Ce n'est plus le fric qu'il aime (il en a !), c'est ce qu'il fait.

Les détecteurs de passion

L'ennui, dans nos sociétés aseptisées, « monotonisées », c'est qu'on veut mettre tout le monde dans le même bain. Pourquoi obliger un gamin à faire des maths qu'il déteste s'il n'a envie que d'étudier la musique ? Je ne dis pas qu'il faille l'encourager à quitter l'école prématurément, mais pourquoi tant d'éducateurs ne voient-ils pas que certains enfants devraient être très vite orientés vers ce qu'ils aiment passionnément ? En sport et notamment en judo, il existe des conseillers techniques qui décèlent le « don » chez les champions en herbe.

Il faudrait des détecteurs de talents,
de potentiels, pour les jeunes,
dans tous les domaines.

Il me semble que sur la société française pèse cette absence de « détecteurs de passions ». Je trouve, et c'est une idée très personnelle, qu'il serait mille fois plus utile de faire découvrir une passion aux adolescents, de la développer au maximum plutôt que de leur bourrer la tête avec certaines études qui ne servent pas toujours à grand-chose, ou qui en tout cas ne leur conviennent pas.

Les empêcheurs de passion

Il est primordial de laisser aux enfants
non seulement le choix de leur passion
mais la liberté de la vivre.

Ma mère rêvait d'être coiffeuse, elle n'a jamais pu y arriver : les écoles de coiffure étaient bardées d'interdits à l'époque. Ce fut le grand malheur de sa vie, et le grand regret de ma grand-mère. Aussi, quand un conseiller d'orientation a expliqué à cette grand-mère qu'elle commettait une erreur en me dirigeant vers une section sport-études où je risquais l'échec, elle a fait preuve de cran. Le fixant droit dans les yeux, elle lui a répondu que son petit-fils ferait ce qu'il voudrait !

J'étais motivé par le sport, d'autres gamins le sont par la lecture. Un enfant peut rester des journées entières à dévorer des livres. Un jour, peut-être, il aura le temps ou le goût de s'adonner à autre chose, mais c'est presque un devoir de le laisser dévorer ce qu'il a envie de dévorer au moment où il le souhaite.

Pourquoi lutter contre une vocation évidente sous prétexte qu'on rêve de voir son fils « prendre sa suite » dans une profession qu'il abhorre ?

Lorsque je vois certains parents obliger leurs mômes (récalcitrants) à faire du tennis, du foot, de la danse ou du piano (quand ils n'additionnent pas toutes ces activités), je trouve cela horrible. Ils n'ont même pas conscience qu'ils plongent leurs gosses en enfer. Ils projettent sur eux les rêves d'enfant qu'ils n'ont pas pu réaliser, ou un projet familial (l'oncle doué qui voulait être pianiste et qui ne l'a pas fait) voire social (c'est très chic de savoir jouer au golf). Au nom d'un prétendu amour, ils satisfont leur propre ego.

Maintenant, si vous acceptez que votre fils se consacre au violon, votre tâche ne doit pas s'arrêter là. Il est indispensable de l'aider car il connaîtra des périodes de découragement. La musique, c'est bien beau ; le solfège, c'est barbant. Aux parents de veiller à l'assiduité de leur rejeton, et de lui expliquer qu'on ne devient pas Yehudi Menuhin sans avoir fait ses gammes.

La passion ne fait pas tout !

C'est là une évidence qu'il faudrait faire découvrir aux jeunes gens quand ils confondent « se passionner pour » et avoir la passion. Vous pouvez vous passionner – temporairement – pour le rap, apprendre les claquettes et lancer dans la rue quelques onomatopées bien senties, cela ne fera pas de vous Akhenaton. On s'aperçoit qu'on a une vraie passion quand on accepte « l'enfer » que suppose son apprentissage avec une sorte de volupté.

À treize ans, dans un bois aux côtes pourtant raides, je faisais déjà un footing quotidien de plus de douze kilomètres, un parcours énorme pour un gosse de mon âge, quel que soit son physique. Je souffrais beaucoup mais j'étais convaincu que ces exercices me serviraient. Je me rappelle aussi l'étonnement de ma mère qui me voyait faire des pompes dans le jardin en plein hiver. Rien ne pouvait m'arrêter...

Même scénario pour le fou d'histoire ou de dessin, pour l'interne en médecine ou l'apprenti ébéniste qui rêve de devenir André Charles Boulle.

La passion permet de soulever des montagnes... si l'on a travaillé ses biceps !

Et si on les a travaillés, bien sûr, avec un bon professeur. On ne dira jamais assez l'importance des « mentors » dans l'évolution des talents.

Le rôle des aînés

Maintenant qu'on va vivre, selon la science, des lustres supplémentaires, on devrait tout de suite se mettre dans la tête que le seul moyen de ne pas vieillir, c'est de transmettre.

Il faut que les jeunes talents trouvent dans chaque domaine des « entraîneurs » qui les aident à travailler, à persévérer, à passer les caps de désespérance du genre « c'est trop dur, trop long, je n'y arriverai jamais ». Tous n'ont pas la rage au ventre de ceux qui eurent dès l'enfance quelque chose à prouver.

Une revanche sur la vie

Un jour, notre prof de judo a demandé à tous les gamins présents d'écrire sous pli anonyme jusqu'où ils avaient envie d'aller dans cette discipline. Spontanément, et en même temps avec une prise de conscience, j'ai écrit que je voulais être champion du monde. C'était une folie et pourtant, dans ces quelques mots, je venais de signer un contrat avec moi-même et avec le monde que j'allais respecter jusqu'au bout.

Aujourd'hui je sais que c'est le judo que j'aimais, plus que la première place, mais j'avais un défi à relever.

La réussite qui, j'en suis sûr, ne peut se réaliser qu'avec la passion, est liée à l'histoire de chacun. On pourrait penser qu'il est plus commode de devenir un businessman pour un fils à papa que pour un gosse de pauvres. Naître dans un milieu privilégié nous donnerait toutes les ficelles. Or, si un enfant peut compter dans certains cas sur le carnet d'adresses de sa famille, sa réussite n'est pas forcément assurée pour cette raison. J'ai ainsi connu le fils d'un professeur de médecine émérite, internationalement reconnu. La personnalité de son père était si forte qu'il ne trouvait pas sa voie. L'exemple paternel l'écrasait totalement, il se sentait nul. Il n'avait pas voulu choisir médecine parce qu'il était persuadé qu'il traînerait partout qu'il n'était que le fils de... Mais surtout, comme il avait vécu une enfance très privilégiée où dès qu'il formulait un désir celui-ci, tel un vœu, était exaucé, il n'avait plus envie de rien. Et ce rien, il le trimballe encore. Son père lui a tout donné, sauf peut-être la passion de se réaliser.

Mon histoire est très différente. Ma famille est d'origine modeste et le bébé que j'étais est arrivé comme un cheveu sur la soupe. Ma mère habitait un village de Seine-Maritime et elle s'est retrouvée enceinte sans être mariée. Une situation difficile à l'époque. L'enfant d'une fille mère qui doit démarrer dans la vie n'entre pas dans une configuration classique et la société a beau évoluer, elle n'est à l'aise qu'avec les normes. Ma grand-mère a fait ce qu'elle a pu pour s'occuper de moi mais, d'une part, elle n'était plus très jeune et, d'autre part, pour m'élever, elle était obligée de travailler durement. Elle a dû m'apprendre à me débrouiller tout seul très vite. Par exemple, elle m'a montré pendant six mois comment ouvrir le gaz en évitant tout danger et du coup, à cinq ans, je me préparais moi-même mon petit déjeuner puisqu'elle était déjà partie au boulot. J'ai ainsi appris à m'assumer. J'ai dû aussi gérer une certaine différence. Je n'étais pas comme les autres gamins. À cause des histoires d'adultes de mes parents, je n'ai pas vu mon père pendant toute mon enfance. J'avais pourtant besoin d'exister à ses yeux. Et aux yeux de ma mère. Elle qui à l'époque a peut-être regretté d'avoir un petit garçon se trouve aujourd'hui fière du papa que je suis devenu.

Une enfance difficile peut vous casser à vie.
Si vous avez une passion, c'est au contraire
un tremplin fantastique.

J'aurais pu devenir un introverti sans ressort. Je faisais beaucoup de choses tout seul. J'avais des copains, nous jouions en équipe et en même temps, j'aimais également être seul.

Et puis le judo est arrivé. La passion, la meilleure des psychothérapies, et la projection dans l'avenir. Rien ne vous motive davantage que d'avoir envie d'être reconnu. C'est valable pour le sport, l'entreprise, l'artisanat, tous les métiers.

Prouver quelque chose aux autres
et à la société est un moteur qui participe
de la passion.

J'ai été fasciné, par exemple, par l'histoire de Mademoiselle Chanel. Son père était un petit représentant de commerce qui n'avait guère le sens des responsabilités. Plutôt volage, plutôt flambeur. « Mademoiselle » est âgée de douze ans quand sa mère meurt. Avec sa sœur, elle est placée dans un orphelinat. La petite fille ne reverra jamais son père et s'inventera parfois une autre enfance, par snobisme a-t-on dit. Je penche plutôt pour le besoin d'oublier cette tristesse et cet abandon. Elle ne sortira de l'orphelinat que pour travailler. On se doute qu'elle n'occupe pas tout de suite un poste de haut niveau. À vingt ans, elle est employée dans une bonneterie. Mais cette jeune fille a plusieurs cordes à son arc. Elle est allurée, fine, intelligente. Elle a soif de culture et de réussite. Sa revanche sera la mode, elle nourrit une véritable passion pour elle. Elle décidera très vite non seulement que ce métier occupera toute sa vie mais qu'elle en sera le n° 1. Avec une énergie qui n'a d'égale que sa détermination, elle va travailler, inventer, créer. Aux vêtements elle ajoutera les accessoires, les bijoux, les parfums, tout ce qui signera le style Chanel. Une des griffes les plus célèbres dans le monde, encore aujourd'hui.

On dit d'elle que c'était avant tout une femme libre. Évidemment ! Mais il ne faut pas l'entendre au sens de femme « libérée » : cette femme jouissait de la liberté de l'oiseau.

La passion fait de nous des êtres libres

Et ce, qu'on soit ou non arrivé au sommet de la hiérarchie sociale ! Le coiffeur qui pratique une coupe comme s'il sculptait un visage est sur un nuage de bonheur, même s'il opère dans une boutique de quartier. Le collectionneur oublie le temps qui passe et ne se voit pas vieillir. L'argent n'a parfois rien à voir là-dedans, ni les records, ni la célébrité. On m'a conté l'histoire d'un dentiste dont le cabinet marchait très bien. Son père était ébéniste, un virtuose en la matière, un artisan au sens noble du terme. Mais être artisan, ce n'est pas une sinécure : les journées de travail sont longues et on ne gagne pas des fortunes. Le gosse, lui, admirait son père et touchait le bois, il adorait ce matériau. Pour lui éviter des jours moins difficiles et une retraite plus confortable que la sienne, le père a poussé son fils à suivre des études dentaires. Son cabinet installé, sa clientèle constituée, le dentiste s'est mis à prendre un jour de repos par semaine. Pour quoi faire ? Pour prendre des cours d'ébénisterie. Une fois ébéniste, il a suivi des stages. À cinquante ans, il a vendu son cabinet et il s'est installé dans le Sud où il tient un atelier d'ébénisterie. Rien — et surtout pas l'argent — n'avait entamé sa passion. Il ne s'est jamais senti plus heureux que depuis qu'il a changé de vie.

Si l'on suit sa passion,
on n'éprouve aucun regret à laisser derrière soi
tout ce qui ne conduit pas à elle.
La passion, c'est le talent d'inventer
la vie qui nous convient.

Et quand elle nous a donné ce courage, rien ne peut plus entraver notre liberté.

Faire respecter sa passion

Partager avec d'autres la même passion est un privilège extraordinaire. Une émotion intense. C'est toute la joie d'une équipe sportive qui gagne un match, mais aussi celle d'une équipe médicale qui sauve un malade ou découvre une thérapeutique. Lorsque l'on gagne, on a envie de crier un immense merci à tous ceux qui ont fait de nous un vainqueur, nos professeurs, nos entraîneurs (Marc Alexandre et Laurent Delcolombo pour moi), nos amis, notre femme et nos enfants.

Sauf que nos amis, nos enfants et notre conjoint ne partagent pas toujours notre passion. Il n'est pas facile d'être l'épouse d'un chercheur qui travaille jusqu'à l'aube et oublie votre anniversaire. Il n'est pas facile de ne pas éprouver de jalousie à l'égard de cette passion qui dévore l'autre et se révèle la plus exigeante des maîtresses. Seulement on ne peut pas dire « c'est elle ou moi », car ce sera toujours elle !

Alors, un conseil aux passionnés : choisissez bien votre partenaire d'existence. S'il ne respecte pas votre passion, votre vie de couple sera très compliquée...

Et faites-lui savoir qu'une passion de vie n'enlève rien à l'intensité d'un amour. Le judo n'a jamais diminué celui que je porte à ma femme Valérie. Et la finesse affectueuse avec laquelle elle s'accommode de cet envahisseur fait que nos liens s'en sont même trouvés renforcés.

La fin d'une passion ?

Quand un moteur s'arrête, c'est embêtant. Mais la passion, à mon sens, ne s'arrête pas. On peut être champion du monde de tennis ou prix Nobel de littérature et continuer à aimer passionnément ce sport ou l'art d'écrire. Atteindre son but ne représente pas la fin de l'histoire. Je suis allé au bout de ma passion de compétiteur, mais ma passion pour le judo reste intacte. Dire que tourner la page n'induit pas une certaine nostalgie serait faux, mais la flamme reste là, qui t'aide à te recycler. C'est Picasso laissant de côté (un peu !) ses pinceaux pour se consacrer à la céramique, c'est le chef d'entreprise qui cède l'affaire à son dauphin mais demeure conseiller de sa boîte, c'est la mère de famille qui retrouve les joies de sa jeunesse auprès de ses petits-enfants, c'est ce vieux pêcheur, assis là, au bout d'une jetée normande, qui regarde les bateaux partir et déclare, des étoiles dans les yeux : « La nuit va être rude, pour eux. Regardez, on aperçoit même l'Angleterre... »

La passion, ça permet toujours de voir plus loin.

- Clé n° 3 -

LE CHOIX

Aurais-tu soixante conseillers,
consulte-toi toi-même.

On l'a vu, tout le monde n'a pas dès l'enfance une passion qui lui dicte de prendre telle voie et pas telle autre. Vient pourtant un moment où il faut se décider à faire quelque chose. D'ailleurs quand bien même l'histoire, par exemple, vous passionnerait, qu'allez-vous faire ? Devenir professeur, romancier, historien, documentaliste, politologue ? Y a-t-il une méthode pour choisir ?

Si l'on y réfléchit bien, nous passons notre temps à faire des choix. Le matin, chemise ou tee-shirt ? Au restaurant, fromage ou dessert ? Au bureau, rendez-vous ou annulation ? Le soir, télé, bouquin, ou devoir conjugal ? Tout dans notre vie nous impose un choix. Ceux que je viens de citer sont sans grandes conséquences sur notre avenir (sauf si le devoir conjugal a pour conséquence une naissance). Entre prendre un gratin dauphinois ou des haricots verts, c'est mon estomac qui décide. Mais le choix dont nous parlons ici est d'une autre envergure car il met notre vie, nos objectifs et notre plaisir en jeu. Fonctionnaire ou indépendant ? Le confort avant tout, ou la prise de risques ? La question se pose à un moment donné. Et il faut bien y répondre pour franchir un cap, atteindre l'épanouissement personnel ou le succès. Seulement, comment faire ?

Avant tout, se connaître...

Par expérience, j'ai appris que l'on ne peut faire de choix sensés, sereins, honnêtes et objectifs sans se connaître parfaitement. Cette notion de la connaissance de soi est fondamentale car, finalement, je serai le premier à devoir assumer les conséquences de mes choix. Il faut donc qu'ils correspondent à ma personnalité, à mon caractère, à mes capacités physiques ou intellectuelles, à mes désirs, à mon ambition. Et personne ne peut les connaître mieux que moi. Je dois donc avant tout « écouter » ce que j'ai dans le cœur, dans la tête. Me poser les bonnes questions. Qu'est-ce que j'ai envie de faire ? Qu'est-ce qui m'intéresse le plus ? Où est-ce que je me sens bien, avec qui, dans quel milieu ?

Et les réponses ne sont pas évidentes. J'aime la mer, mais puis-je devenir marin-pêcheur si j'ai la nausée dès que je pose le pied dans une barque ? Je ne supporte pas de travailler dans un bureau, mais ai-je les nerfs assez solides pour m'installer à mon compte ? En ai-je les moyens ? J'ai « de l'ambition », je veux « arriver » : ça veut dire quoi ? Gagner de l'argent, monter une affaire ? Soit, mais ai-je pris le temps de découvrir où était mon âme ? À la fin de mes conférences, combien ai-je vu d'auditeurs venir vers moi en m'affirmant presque honteusement « vous m'avez éclairé, je viens de me rendre compte que je ne faisais pas ce que j'aimais » ? Beaucoup trop, malheureusement. Quel est mon discours pour qu'ils prennent soudainement conscience de leur erreur de parcours ? Il est simple.

Si vous n'aimez pas ce que vous faites,
si vous n'êtes pas passionné,
changez de métier...

Je sais qu'il est un peu facile de tenir de tels propos. Mais croyez bien que j'ai dû moi aussi faire des choix douloureux avant de réussir. Sans le courage de prendre certaines décisions aux principaux tournants de ma jeunesse puis de ma carrière, je serais resté noyé dans la masse des bons judokas, sans connaître les joies qui ont émaillé ma vie sportive et familiale, puisque tout est lié.

Attention aux conseils
des autres !

Combien d'hommes et de femmes s'engagent-ils dans des voies qui, au départ, leur ont été imposées par le système scolaire, par des amis qui les ont influencés, par les parents, pour se rendre compte, après dix ans de train-train professionnel, qu'ils avaient fait fausse route ! Ils exercent une activité qui ne leur convient pas, ils s'ennuient dans leur travail et doivent parfois, en plus, affronter deux heures de bouchons chaque matin pour s'y rendre. Certains gagnent bien leur vie mais ne sont pas heureux. Or, vu qu'on passe la majorité de son temps de veille dans l'exercice de sa profession, mieux vaut s'y plaire ! Et y réfléchir à temps. Il ne s'agit pas de rêver uniquement de travailler au Bristol ou chez Dior : il y a des mécaniciens que le cambouis ne rebute pas, parce que la mécanique les enchante. J'ai lu une histoire très révélatrice à ce sujet. Il s'agit de trois mécanos occupés à restaurer une voiture ancienne. Un passant demande au premier mécanicien :

— Que faites-vous ?

— Je répare une vieille bagnole.

Même question au deuxième. Réponse :

— Je restaure une voiture ancienne.

Réponse du troisième :

— Je fais un chef-d'œuvre !

Il est évident que chacun de ces ouvriers ne considère pas son travail de la même manière. Il y a fort à parier que le premier mécanicien l'exécute « mécaniquement » (c'est le cas de le dire), sans cœur à l'ouvrage. Il a peut-être accepté ce job parce qu'on lui a répété qu'il « ne savait rien faire d'autre »... Le deuxième, lui, a conscience de son utilité. Il est fier de son savoir-faire mais semble entré dans la routine. C'est le troisième qui a fait le meilleur choix de vie, car on sent qu'il se réalise dans son métier. Il est heureux. Bien sûr on peut aussi tomber sur un chômeur père de trois enfants, obligé d'accepter n'importe quoi pour vivre. Mais au départ, quoi qu'on dise, on a le choix de faire au moins quelque chose qui ne vous rebute pas. D'où l'intérêt non seulement de se connaître très tôt mais aussi, et surtout, de tenir compte de ses goûts réels.

L'influence des parents, des amis, de l'entourage, est parfois éclairante, mais souvent néfaste. Il y a des tas de gens très doués pour vous dégoûter d'un métier qui pourtant a tout pour vous séduire. Les raisons avancées pour vous dissuader de vous lancer dans l'aventure sont toujours les mêmes. Soit le secteur est « bouché » (mais tous les secteurs sont bouchés, ça n'empêche pas certains de s'y épanouir). Soit le métier n'est plus ce qu'il était (c'est le grand couplet des aînés nostalgiques). Soit on a le droit à un dédaigneux « tu vaux mieux que ça ». Qu'est-ce qu'ils en savent ? Les autres ont souvent une bonne raison de saper votre enthousiasme car ils n'ont peut-être pas eu le courage de prendre ce genre de décision, le regrettent et ne souhaitent pas, inconsciemment, que vous réussissiez là où ils n'ont pas osé s'aventurer.

Les conseilleurs ne sont pas les payeurs.

Cela ne signifie pas qu'il ne faille écouter personne. Il faut simplement bien choisir ceux à qui l'on demande leur sentiment, des gens en qui l'on a confiance, des gens qui vous connaissent bien, qui savent comment vous fonctionnez. Il faut les entendre, réunir tous les avis et en tirer, seul, les conclusions. Si l'on ne fait qu'écouter les autres sans faire la synthèse de leurs dires, on devient un esclave.

**Les autres doivent intervenir
pour vous aider à choisir,
pas pour choisir à votre place.**

J'ai vécu cette situation avec un athlète qui, depuis quelques années, végète entre deux eaux. C'est un sportif de haut niveau, toujours présent sur les podiums mais jamais premier. Il n'arrive pas à émerger, se décourage un peu et travaille désormais avec moins d'entrain. Tant qu'un athlète de haut niveau travaille, tant qu'il se donne à fond, on peut légitimement penser que s'il n'arrive pas à percer c'est qu'il a atteint ses limites. Il est à sa vraie place. Mais à partir du moment où ce sportif au potentiel évident et que je connais parfaitement travaille moins, ne travaille plus ou ne joue pas le jeu, il faut aller le voir, lui parler. Il sait qu'il peut avoir confiance en moi, que je ne cherche pas à le trahir, que je souhaite sa réussite. C'est ça, le rôle des autres. Là, le discours est simple : je dois mettre celui qui doute face à lui-même, et non pas face à ce que je voudrais qu'il devienne. Et lui poser des questions auxquelles il devra répondre avec honnêteté : « Que veux-tu ? Quels sont tes objectifs ? Où en es-tu ? Quel degré d'investissement veux-tu atteindre ? Parce que aujourd'hui, il est temps de faire le point ! » Voilà ce que doivent vous apporter « les autres », cet entourage à qui vous demandez conseil.

Mais encore une fois, c'est à vous de décider. Ne suivez pas docilement toutes les directives, ne foncez pas non plus sur la voie dont on vous détourne pour montrer à vos conseillers qu'ils ont tort. Réfléchissez, puis faites vos jeux. Mais choisissez !

Mieux vaut faire un mauvais choix
que pas de choix du tout

Ceux qui se débrouillent pour ne jamais choisir, pour se laisser porter (où ?) par les événements n'avancent pas. Vous avez peur de vous tromper ? Et alors ? Un mauvais choix n'est qu'une erreur, pas une faute. Elle vous permettra d'y voir clair, de mettre en route une nouvelle mécanique de changement, d'évolution. Et c'est le plus important. Prendre une décision, même si ce n'est pas tout de suite la bonne, procure une nouvelle expérience, permet de se tester, de mieux se connaître et d'en tirer profit par la suite. Celui qui ne fait aucun choix ne construit rien. Et quand on ne construit rien, on s'enferme dans un cocon, puis on régresse. C'est inévitable. Il y a des gens, comme ça, qui passeront toute leur vie à côté d'opportunités radieuses. Je trouve cette attitude incroyable !

Ou alors, c'est qu'ils manquent de courage. Car le choix suppose également d'abandonner une chose pour une autre.

Choisir, c'est aussi renoncer.

Imaginez... On vous propose le poste de vos rêves, un tremplin pour une carrière d'envergure. Seulement c'est à Brest et vous venez juste de finir de payer les traites d'une maison aux environs de Paris. Vous y êtes heureux, votre femme est ravie, vos enfants peuvent jouer dans le jardin. Il va falloir quitter ce havre de tranquillité. Vous ne pouvez vous y résoudre ?

C'est votre droit. Mais alors ne venez pas vous plaindre, par la suite, de végéter dans une situation précaire et de ne pas trouver de débouchés.

Si vous acceptez le sacrifice, en revanche, vous pourrez envisager – plus tard – de trouver en Bretagne une habitation similaire, ou de rester en ville dans des conditions agréables, parce que vos enfants auront grandi et que le collège est à deux pas.

Pour choisir,
projetez-vous dans l'avenir

De ceux qui réussissent à faire des choix judicieux, on dit qu'ils ont du flair, de l'instinct, de la chance. Ils ont surtout une qualité primordiale : ils savent anticiper. Pour faire le bon choix, il faut se projeter dans l'avenir, visualiser les avantages et les inconvénients d'une proposition, essayer d'imaginer les conséquences de sa décision. Cet exercice a en outre l'avantage de remplacer le stress qu'engendre la nécessité du choix par un état d'esprit constructif. On fabrique à l'avance sa prochaine réalité. Et peu importe si les conséquences de notre choix ne sont pas tout à fait celles que nous avions imaginées : ce choix nous a permis d'avancer, de franchir un cap.

- Clé n° 4 -

LE DON

*Le premier et le plus précieux des dons
est celui de s'émerveiller.*

Ah ! Tutoyer les dieux ! S'asseoir au piano à quatre ans et déjà faire de la musique, réviser tous ses cours d'un coup d'œil la veille d'un examen et le passer comme on saute un ruisseau, allègrement, pendant que d'autres ont trimé jour et nuit... « Il est doué », dit-on de ces farfadets de la réussite, avec une pointe d'envie et... de découragement.

Alors là, je vous rassure tout de suite ! Avoir « le don » est réservé à quelques élus, soit. Mais ne pas l'avoir ne vous empêchera pas d'aller au bout de vos rêves, si vous y mettez la passion, l'acharnement et la confiance en vous.

Le don n'est pas indispensable
à la réussite

Au risque de paraître faussement modeste, j'avouerai que je ne me suis jamais considéré comme un judoka doué. Certes, j'ai toujours eu des facilités à reproduire un mouvement. Inutile pour moi de le voir cinquante fois, de me le faire décrypter pendant des heures : un regard et le tour est joué. Pourtant, malgré ce potentiel évident et de solides qualités physiques, je n'ai jamais eu la beauté du geste, la finesse d'exécution de certains surdoués. Et cependant, cela ne m'a pas empêché d'être champion olympique et de parvenir au sommet de ma discipline. Tout au long de ma carrière, j'ai eu à faire face à des adversaires plus brillants que moi, et je les ai quand même souvent battus. J'avais l'envie de combattre, la ténacité, la pugnacité, le sens de l'observation.

Ne perdez pas espoir sous prétexte que vous n'êtes pas un génie.

De toute façon, des génies, il y en a un ou deux par siècle, et généralement ils ignorent qu'ils sont géniaux, alors ne vous laissez pas décourager par les stars ! Si un écrivain se met à penser qu'après Molière et Victor Hugo il n'y a plus qu'à tirer l'échelle, il se retrouve incapable d'aligner deux mots. L'important n'est pas de devenir le meilleur, mais de donner le meilleur de soi-même.

L'humilité va parfois plus loin que l'aisance.

Le grand défaut des gens brillants est souvent de rester à la surface des choses. Ils pigent au quart de tour une lecture, un problème, un rapport, un challenge, et leur entourage en reste époustouflé. Mais, de son côté, le trimeur obscur qui a travaillé à fond son sujet, cherché à comprendre les tenants et aboutissants d'une affaire, va peut-être, à la surprise générale, damer le pion au surdoué. L'intelligence (au sens propre de l'aptitude à comprendre) et la puissance de travail peuvent mener aussi loin, et parfois plus, qu'un talent inné.

Surdoués, méfiez-vous !

Un don est un cadeau du Ciel. Ce peut être une faveur littéraire, artistique, sportive, artisanale, ou le sens des affaires, ou l'éloquence, ou l'esprit scientifique, mais de quelque don qu'il s'agisse on doit s'en montrer digne, et le cultiver. Les dieux ont dispersé dans vos champs des graines rares : si vous ne prenez pas soin de la terre, elles ne donneront pas leurs fruits. Là encore, l'humilité reste de mise. J'aime assez le recul amusé de Thomas Edison quand il écrit : « Le génie est fait de un pour cent d'inspiration et de quatre-vingt-dix-neuf pour cent de transpiration. »

Il ne faut surtout pas tomber dans le piège qui consiste à se dire « je n'ai pas à faire d'effort, je m'en sortirai toujours ». Car là, on commence à compter sur ses « pirouettes » d'équilibriste et, un jour, on se casse la figure.

Ne vous fiez pas à la réussite précoce.
L'important, c'est de durer.

Combien d'acteurs, écrivains, chefs d'entreprise se sont-ils laissés griser par l'idée que tout leur réussirait toujours à la suite d'un moment de gloire dans leur jeunesse ? Cela s'appelle s'endormir sur ses lauriers. Or, pendant votre sommeil, le temps s'écoule, la société change, les autres rattrapent leur retard et, au réveil, vous voilà dépassé, par vos rivaux et par les événements. Zidane, dont tout jeune on célébrait le don, n'a jamais cessé de s'entraîner avec acharnement... surtout *après* la Coupe du Monde. Les plus grands danseurs ne relâchent jamais ni leur discipline de travail, ni leur discipline de vie. Les divas vocalisent à longueur d'année, prennent des cours – eussent-elles le niveau d'un grand professeur. Les médecins les plus célèbres se renseignent inlassablement sur les récentes découvertes.

Enfin... presque tous. D'autres surdoués sacrifient au star-system, caprices à l'avenant et mégalomanie galopante : ils deviennent parfois des vedettes de la jet-set, jamais plus des vrais grands.

Une jeune femme, aujourd'hui avocate, m'a conté cette édifiante histoire vécue... « J'ai réussi tous mes examens du secondaire avec trois ans d'avance. À la fin, je ne me déplaçais même pas pour aller voir les résultats. Malgré tout, en deuxième année de faculté, j'ai quand même fait un saut là-bas pour m'assurer de mon succès. Je consulte la liste des reçus et je n'y vois pas mon nom. Je ne m'inquiète pas une seconde et je demande à l'appariteur où est la deuxième liste. « Il n'y a pas de liste des recalés », me répond-il. Je m'effondre... Et ce fut la plus grande chance de ma vie ! J'ai fait mon autocritique : pas assez d'heures de labeur, une fatuité incommensurable qui me faisait penser que j'étais supérieure aux autres, et l'isolement dans ma tour de princesse. Je suis redevenue une roturière des études, je me suis fait des copains de travail, et toute ma vie je me souviendrai que, douée ou non, je suis dans le même bateau que les travailleurs de force. »

Vous avez compris, les surdoués dilettantes ? Au boulot ! Et pas tout seuls !

Fuyez l'isolement, les surdoués aussi ont besoin des autres.

Le don provoque souvent un certain isolement. Or l'isolement stérilise. C'est dans l'échange qu'on trouve le renouvellement, l'épanouissement. Les autres, même s'ils sont moins doués que vous, apportent leurs lumières, leurs ficelles de métier, à charge de revanche.

Il faut savoir partager ses acquis, sans quoi l'on se retrouve vite bloqué.

L'attitude de celui qui garde pour lui ses idées, ses réflexions, ses trouvailles peut se comparer à celle de l'avare qui remplit sa cassette et la cache dans un coffre chez lui, au lieu de prendre le risque de faire fructifier son argent, de l'investir dans une entreprise en créant des emplois, de le prêter sans usure à moins nanti que lui : ce gars-là, tôt ou tard, la dévaluation le ruinera. Il n'y a aucune réussite solitaire, quelle qu'elle soit. On a toujours besoin de quelqu'un pour vous apprendre, vous soutenir, vous guider, vous « donner ». Mais si l'on garde ce « don » particulier pour soi, on ne recevra plus rien. On aura reçu une fois, mais après, ce sera fini. Pour progresser, il faut – aussi – beaucoup donner soi-même. Je connais ainsi un athlète qui a gagné, une fois, et qui a gardé le bénéfice de sa victoire pour lui seul : en six ans il n'a plus évolué d'un pouce. Il ne reviendra jamais au niveau supérieur. Alors que d'autres, sur le berceau de qui les fées semblaient ne pas s'être penchées, s'entendront dire au milieu de leur carrière : « Quel talent ! »

Un don, ça se découvre...
parfois tard !

Il arrive que le contexte social, professionnel, occulte pendant un temps certaines de vos possibilités les plus fertiles. Vous avez fait des études de lettres, vous travaillez comme assistant à la direction littéraire dans une maison d'édition, vous vous découvrez soudain une passion pour l'informatique et fondez une entreprise éditoriale qui connaît d'emblée le succès... Vous avez fait un bon parcours dans la banque, sans pour autant devenir un virtuose, et tout à coup vous vous « recyclez » dans la viticulture, avec bonheur, quelles que soient les difficultés d'une pareille reconversion.

Et surtout, vous pouvez, après des années de familiarisation avec le domaine dans lequel vous œuvrez, avoir acquis de telles connaissances, une telle expérience que l'on dira de vous que vous êtes « vraiment doué ». Et vous le serez en effet ! Le don, cet « avantage naturel offert par les dieux, la fortune ou la chance », selon le dictionnaire, peut aussi s'acquérir. C'est paradoxal, mais c'est vrai : quand personne ne vous a fait de cadeau, il arrive qu'à force de labeur on obtienne les moyens de s'en faire à soi-même.

- Clé n° 5 -

LE POTENTIEL

*On ne fait pas d'un bourricot
un cheval de course.*

Si le « don », exceptionnel, n'est pas indispensable au succès de vos entreprises, le potentiel – *votre* potentiel –, lui, se révèle incontournable. Et une chose est sûre : avant de vous lancer dans une aventure de vie, il convient d'évaluer ce potentiel et de juger si, dans l'avenir, vous pouvez et voulez l'améliorer.

Le potentiel, c'est « ce qui existe en puissance, ce qui exprime une possibilité ». C'est le capital de départ de nos capacités et de nos aptitudes, physiques, intellectuelles, sociales et affectives, à un moment donné de l'existence. Une valeur-étalon, en quelque sorte, pour mesurer et préparer notre avenir. Et ce capital doit évoluer, par la suite, avec l'expérience, le travail, et de nombreuses autres composantes aussi importantes que le courage, la volonté, la motivation, l'ambition et la remise en question.

Évaluation, évolution : ce sont ces deux aspects du problème que vous devez considérer dès le début d'un projet. De quels atouts disposez-vous, actuellement, et quels efforts êtes-vous prêt à consentir pour en acquérir d'autres ?

Or ce n'est pas là une démarche de tout repos. Il faut refuser de se faire des illusions sur soi-même, s'auto-évaluer sans complaisance mais sans défaitisme, et parfois demander à des proches – avec les précautions d'usage – ce qu'ils pensent de vos ambitions, et de vous-même.

D'abord cerner sa personnalité

C'est là qu'il convient de bien mesurer le rapport entre son rêve et les possibilités que l'on a de le réaliser. Par exemple, vous vous verriez bien embrasser une carrière de commercial, parce que vous avez de l'entregent et l'art de la persuasion. Soit. Accepterez-vous d'effectuer des milliers de kilomètres par an, loin de chez vous, et de dormir la plupart du temps à l'hôtel ? Si votre objet favori est une paire de charentaises et si votre occupation ménagère principale consiste à faire un bon feu de cheminée avant de vous poser devant la télé, oubliez tout de suite ! Certains étudiants en médecine, passionnés par le corps humain et motivés par le besoin de soigner, doivent parfois abandonner en cours de route parce qu'ils ne supportent pas les souffrances de leurs patients. Vous souhaiteriez peut-être créer votre propre entreprise : avez-vous l'âme d'un leader, le sens de l'organisation, de l'autorité, des responsabilités, des risques ? Une carrière de scientifique ou de chercheur vous tenterait ? Êtes-vous logique, rigoureux, patient ? Finalement, les deux questions à se poser pour s'auto-évaluer sont : qui suis-je vraiment, et qu'est-ce que j'entends par « réussir » ?

Répondre à cette dernière question est primordial.

*Le sentiment d'avoir réussi ne tient qu'à vous,
et non à l'image que les autres
se font de la réussite.*

Vous pouvez estimer que bien faire un travail de fonctionnaire en privilégiant néanmoins votre qualité de vie à l'extérieur est pour vous une réussite en soi. C'est parfaitement respectable. Vous pouvez, en revanche, considérer que réussir, c'est figurer parmi les premiers dans sa branche mais, là, vous devez vous assurer que vous avez le « coffre » du coureur de fond, et les qualités nécessaires pour rivaliser avec les plus forts.

Les qualités et la culture de base, quoique...

Évaluer sa culture mais savoir aussi qu'on apprend toujours sur le tas

Cette culture peut être mécanique, scientifique, artistique ou artisanale, selon les activités. Et mieux vaut l'avoir acquise jeune. Il est clair que si l'on décide à trente ans de se lancer dans un domaine dont on doit tout apprendre, les risques d'échec sont d'autant plus grands.

Ce potentiel de base se mesure tout au long de la vie estudiantine, avec des notes, des appréciations, des diplômes. C'est sur cet aspect « d'avenir » que les parents devraient insister pour convaincre leur progéniture de bosser à l'école. Il ne s'agit pas d'obliger les enfants à s'engager dans des voies qui ne leur plaisent pas, mais de leur montrer qu'un minimum de connaissances facilitera leur démarrage dans la vie professionnelle, surtout à une époque où l'on vous réclame un bac + 3 pour un poste de vendeur !

Il y a donc les passages d'une classe à l'autre, le brevet des collèges puis le baccalauréat. Viennent ensuite, pour certains, les examens universitaires, les concours de grandes écoles, ou simplement les certificats d'aptitude professionnelle (C.A.P.) et les brevets techniques. Dans le milieu sportif, ces étapes tests sont sanctionnées par des grades à franchir : les couleurs de ceinture pour les sports de combat, des classements individuels comme au tennis, des médailles pour les skieurs, etc. Pour se situer par rapport aux autres, il faut bien sûr accepter tous ces passages clés. Ce n'est qu'à ce prix que l'on peut ensuite goûter au bonheur de la réussite.

Les examens, ça sert aussi à vous tester.

Des échecs répétés à l'oral peuvent vous faire prendre conscience de votre émotivité : oubliez la carrière d'avocat ! Si vous ratez trois fois de suite votre C.A.P., cela veut peut-être dire que vous n'êtes pas dans votre élément.

Mais même si vous avez franchi tous les obstacles avec brio, cela ne signifie pas que vous allez aussitôt obtenir un contrat à durée indéterminée et de l'avancement dans les six mois.

Vous pouvez avoir réussi l'école hôtelière et vous rendre compte que vous n'êtes pas un gestionnaire et ne serez jamais un patron. En revanche, directeur d'une brigade en salle peut fort bien vous convenir. Vous avez fait votre droit dans le but de devenir avocat, mais vous ne voudriez défendre que des innocents. Alors là, renoncez aux prétoires ! Les juristes sont recherchés dans bien d'autres domaines.

Et s'il est moins fréquent, aujourd'hui où tout est balisé, étiqueté (C.A.P., B.P., bac +, agent de maîtrise et autres titres sont trop souvent exigés aux dépens de la véritable aptitude au travail), de commencer balayeur pour finir P.-D.G., ne partez pas perdant quand vous avez seulement le brevet, ou moins encore. Si vous possédez le goût de ce que vous faites et la volonté d'apprendre à bien faire, vous pourrez grimper des échelons. L'expérience et la fiabilité restent de très bons atouts de carrière.

Tant il est vrai que les diplômes, c'est bien beau, mais lorsqu'on aborde la « vraie vie », le plus important est de se rendre compte de ce qu'on est capable de réaliser — effectivement — dans une activité que l'on s'est choisie.

Connaître ses limites
pour mieux les dépasser

Et être honnête avec soi-même ! Ne pas se persuader que l'on a toujours raison d'agir de telle ou telle manière, et que ce sont les autres qui ne « comprennent » pas. J'ai connu un médecin remarquable, entièrement dévoué à ses patients, et qui cependant, au début de sa carrière, les voyait fuir au bout de quatre ou cinq consultations. Quand il en a eu assez de crier à l'ingratitude, il s'est posé la bonne question : « Qu'est-ce qui ne va pas chez moi ? » Ce n'étaient pas les compétences, ni l'attention, ni la compassion : c'était un investissement excessif dans la santé d'autrui. Cet homme avait tellement peur de passer à côté d'une maladie grave qu'il communiquait son angoisse à ses malades. Quand il a compris qu'un certain recul s'avérait nécessaire, dans l'intérêt même de ses patients, il a pu se constituer une clientèle fidèle.

Vous allez ainsi découvrir, au fil de vos investigations, que vous êtes trop enfermé pour communiquer, que vous exaspérez vos supérieurs avec vos retards à répétition, ou au contraire avec un rigorisme tel que tout le monde se culpabilise à l'idée de ne pas travailler aussi bien que vous, ce qui vous isole irrémédiablement.

Vous allez touchez du doigt vos lacunes — incapacité de faire plusieurs choses à la fois, ou au contraire une certaine dispersion ; une faiblesse en informatique, ou en langues étrangères ; une inaptitude à vous faire respecter, à monnayer correctement votre travail, et ainsi de suite.

Et là, de deux choses l'une : ou vous vous dites « je suis comme ça, pas autrement » et vous stagnez au niveau où vous confine votre potentiel de base, ou vous décidez de vous améliorer, en sachant que cela représente un travail considérable, de tous les instants, en plus de vos tâches habituelles.

Travailler son potentiel : indispensable pour réussir.

Si vous ne faites pas de progrès, vous resterez stagiaire toute votre vie. Mais puisqu'on parle de vie, justement, le problème qui se pose est le suivant : quelle énergie, quelle puissance de travail suis-je prêt à dépenser pour m'améliorer ?

Nous parlerons plus loin du travail en soi, de son organisation, de l'éparpillement, des pertes de temps, du surmenage. Mais ici, c'est un autre travail que je veux évoquer : le travail gratuit qu'on fait sur soi-même pour augmenter son potentiel. En sport, c'est évident : si tu cesses de t'entraîner, tu meurs. Mais dans les affaires, les arts, les sciences, la médecine, le commerce ou l'industrie, c'est pareil : il ne faut jamais penser que l'on n'a plus rien à apprendre.

Aurait-on dix sur dix partout, d'ailleurs, qu'il faudrait encore se remettre à l'ouvrage pour s'adapter aux progrès ou aux variations de la société. Einstein disait : « Il y a une chose permanente dans la vie, c'est le changement. » Il avait raison. Et l'adaptabilité est sans nul doute un atout de réussite à long terme. Sans doute est-ce moins confortable que le train-train de l'habitude, mais c'est le seul moyen de ne pas se faire semer. Voilà qui demande – encore – du travail ! Mais c'est l'unique façon de faire des progrès.

Et progresser, en soi, est déjà une superbe réussite.

– Clé n° 6 –

LA CHANCE

L'homme dont le destin est de se noyer
se noiera dans un verre d'eau.

Bien sûr, dans la trajectoire de la vie, il y a des chanceux, et des « poisseux », comme je les appelle. Mais la chance a bon dos, et la malchance aussi. Les coureurs automobiles qui défient à plus de trois cents kilomètres à l'heure une piste mouillée ont-ils de la chance de ne pas avoir d'accident, ou une juste maîtrise de leur véhicule ? Un chercheur qui a consacré sa vie à traquer une formule miracle, la trouve-t-il par chance, ou à force de travail ? Et Newton ? Après tout, avant lui, des tas de gens avaient eu la « chance » de voir tomber une pomme ! Ils n'en n'ont pas découvert pour autant la loi de l'attraction universelle...

Quant au gars qui dans la même journée s'engueule avec son patron, claque la porte de la société, voit sa petite amie partir en lui disant qu'il est invivable, se foule la cheville en courant derrière elle dans l'escalier et met le feu à son appartement le lendemain matin en oubliant d'éteindre le gaz, ce n'est pas un désenvoûteur qu'il doit aller voir, mais un psy ! Il y a sûrement quelque chose qui ne va pas dans son comportement, et le mauvais sort n'a rien à y voir.

La chance à l'état pur

Elle existe, bien sûr. C'est un phénomène inexplicable. Et voilà bien pourquoi il ne faut pas compter dessus !

Remerciez le Ciel si vous gagnez au Loto,
mais ne bâtissez pas des châteaux en Espagne
en espérant que vous gagnerez un jour !

Pour ma part, je reconnais le passage de la chance à de petits événements qui me font sourire à la vie. Ainsi, il est rare que j'aie à chercher une place pour me garer, j'en trouve toujours une immédiatement. Il suffit que mon ordinateur tombe en panne pour que je rencontre par hasard, dans la journée, un informaticien qui le réparera. Et si je repère une belle montre dans un magasin, c'est celle-là que l'on m'offrira bientôt sans que j'aie averti personne. C'est tout le temps comme ça. Je suis né sous une bonne étoile.

La chance pure, je l'ai également connue dans un cas qui aurait pu être beaucoup plus dramatique : mon accident de moto. C'est uniquement au hasard que je dois aujourd'hui d'être en vie... et d'avoir poursuivi ma carrière. J'aurais pu mourir vingt fois dans le déroulement de cet accident, sans compter ses conséquences. Un bout de ferraille m'avait transpercé le mollet. Ce morceau de fer était passé à cinq millimètres du paquet nerveux. J'aurais pu perdre mon pied dans l'histoire, et m'inscrire pour les compétitions handisport. Je considère donc que sortir indemne d'un pareil accident est un bienfait de Dieu.

Mais ce n'est pas pour cela qu'une seconde dans ma vie j'ai négligé les moindres précautions ou le moindre entraînement quand je me préparais pour une rencontre, quelle qu'elle fût.

Aide-toi, le ciel t'aidera !

Croyez-vous que vous dénicherez l'âme sœur en vous morfondant dans votre studio et en pleurant sur votre solitude ? Pour croiser la chance, il faut se trouver au bon moment, au bon endroit. Seulement cet endroit, il faut y aller ! Un jour, je devais me rendre à une soirée organisée pour le Téléthon. Je n'en avais guère envie car cette cérémonie était programmée en plein championnat de France de judo et je préférais, avouons-le, faire la fête avec mes copains. Mais mon cœur a pris le dessus et je me suis rendu à cette manifestation caritative. Arrivé sur place, j'ai vu que c'était mal organisé et j'ai voulu repartir. Mes parents m'accompagnaient. Ils m'ont raisonné. Ma mère m'a rappelé que j'avais donné mon accord et qu'en cas de désistement je rendrais tristes de nombreux enfants. C'est alors que j'ai aperçu un merveilleux professeur de danse, Valérie. J'ai tout de suite su que c'était *elle*. La femme de ma vie ! On me l'a présentée. Valérie avait réalisé la chorégraphie d'une chanson que j'avais enregistrée avec des copains du judo pour promouvoir ce sport et la fédération française : *Le Rap du judo*. Un disque qui s'était à peine vendu. Qu'importe, une merveilleuse histoire a commencé... Et tout le monde me dit que j'ai eu de la chance. Soit ! Sauf que si je ne m'étais pas fait violence pour participer à ce Téléthon, cette chance ne se serait pas manifestée.

Et ce demandeur d'emploi qui rencontre « par hasard », dans un salon professionnel, le chef d'entreprise à la recherche d'un profil comme le sien, est-il vraiment chanceux ou a-t-il juste provoqué la chance en se rendant à ce salon ?

La chance, ça se courtise,
ça s'apprivoise, ça se mérite, ça se provoque,
mais ça ne s'attend pas !

Nous évoquions tout à l'heure les scientifiques et les pilotes de Formule 1. Cela fait des années que les uns s'arrachent les cheveux dans leurs laboratoires pour démasquer l'inconnu, et que les autres passent autant d'heures dans un baquet de voiture pour apprendre à réduire au maximum les risques. Quand les uns trouvent enfin ce qu'ils cherchent et que les autres remportent Grand Prix sur Grand Prix, c'est qu'ils ont réussi à apprivoiser la chance.

Saisir la fortune par les cheveux

Aller au-devant de la chance, c'est bien. Mais il faut savoir que, souvent, elle passe comme un météore. Reconnaître l'opportunité qui s'offre à vous est un événement qui se déroule parfois en quelques minutes. Quelques minutes ou quelques heures pour développer vos qualités de réflexion, de lucidité, de clairvoyance, de décision face à l'opportunité qui se présente. Il faut mettre en marche immédiatement, sans préchauffage, votre intelligence globale.

Vous cherchez un logement. Vous en êtes à votre trentième visite quand s'étale devant vous la maison ou l'appartement de vos rêves. Trois autres acheteurs sont sur les rangs, vous dit l'agent immobilier. Notez, c'est toujours ce qu'ils disent. Mais si c'était vrai ? En quelques instants vous devez peser le pour et le contre de votre décision : l'endroit est merveilleux, mais un peu loin de votre travail ; il n'est pas très cher, mais il faudra faire des travaux ; on pourrait sans doute trouver mieux encore, mais vous avez le coup de foudre. Vous ne pouvez pourtant pas vous décider tout de suite. Vous demandez à réfléchir... Et boum ! Le lendemain matin, on vous apprend que le compromis de vente a été signé... par quelqu'un d'autre.

Autre cas de figure : vous ne supportez plus la boîte dans laquelle vous travaillez, qui a changé de directeur et d'ambiance du même coup. Vous pensez parfois que vous êtes sur un siège éjectable. Vous avez fait savoir un peu partout que vous voudriez bien aller ailleurs, ce qui est une très bonne démarche pour forcer le destin. Et voilà que le destin frappe à votre porte sous la forme d'une proposition de contrat alléchante, dans une maison que vous estimez. Ce n'est vraiment pas le moment de vous mettre à trembler à l'idée de vous lancer dans l'inconnu, de quitter vos bonnes vieilles habitudes, de faire de la peine à tel ou tel collègue que vous aimiez bien.

Et l'on en revient à la nécessité du choix : même mauvais, celui-ci vous fera franchir une étape. Si vous ne sautez pas le ruisseau maintenant et que vous êtes viré sous peu de votre boîte actuelle, n'allez pas parler par la suite de « déveine ».

Bien sûr, ce genre de réaction à vif suppose une prise de risques pas complètement mesurable sur le moment. Saisir la fortune par les cheveux revient parfois à n'écouter que son premier sentiment. Quand vous « avez le coup de foudre », il faut savoir arrêter d'analyser, de demander l'avis des autres, de douter. La chance est une question de feeling, de sensations, de flair. Bien sûr, ça ne fonctionne pas à tous les coups, mais qui ne tente rien n'a rien.

La malchance, c'est peut-être vous !

Prenez le gardien de but d'une équipe de football qui voit les tirs adverses sans arrêt repoussés par les montants de ses buts. Le tireur va hurler à la malchance. Mais finalement, quand on y regarde de plus près, on s'aperçoit que ce tireur n'exécute pas le geste parfait. Ce n'est pas la malchance qui envoie son ballon sur le poteau, c'est son pied... qu'il est censé contrôler ! Son geste n'est pas assez travaillé, précis, pour faire mouche. Où est la guigne là-dedans ?

Dieu sait que j'en ai vu, des poisseux, en compétition ! Mais quand tu analyses un tant soit peu les faits, tu te dis que certains sont seuls responsables de leur manque de pot. Un type se blesse lors d'un échauffement pour un grand match. La poisse ! Il est détruit de désespoir, crie à l'injustice du destin. Seulement quand on apprend que la veille il faisait la fête en boîte de nuit, qu'il était fatigué, ou préoccupé par un problème familial voire sentimental, il est difficile d'incriminer le sort.

Bien sûr il y a de vrais mauvais coups dans la vie. Mais ils ne doivent pas induire nécessairement une névrose récurrente du style « je n'ai jamais eu de chance ».

Savoir tirer parti de l'adversité

Soyons clairs : il existe des drames dont on ne peut jamais se consoler. Même si le poète nous assure que « rien ne nous rend si grand qu'une grande douleur », je me garderai d'avancer qu'on puisse « positiver », par exemple, la perte d'un être cher.

Mais à part ces plaies graves, on doit s'efforcer, dans les circonstances négatives, de voir le bon côté des choses, et d'en tirer parti. J'ai eu un jour de gros ennuis dans une affaire où je m'étais fait escroquer. J'en étais profondément affecté. Mais dans le même temps, je vivais l'opération Pièces Jaunes. Je me déplaçais dans les hôpitaux pour rendre visite aux enfants malades, leur redonner un peu de moral, de gaieté, de bonheur. Cela m'a permis de reconsidérer mes tracas, de les relativiser pour me dire finalement :

ne te plains pas, tu as de la chance par rapport à ces mômes.

En somme, quand on s'estime malchanceux, il faut toujours tenter d'inverser la vapeur, arrêter de broyer du noir et se dire que, de toute façon, il y a plus malheureux que vous. Ce schéma de pensée positive met en route une mécanique pleine d'optimisme, de confiance en soi, de désir d'entreprendre.

Chassez le mauvais œil !

Je ne suis pas superstitieux. Je ne brûle pas des amulettes avant une rencontre décisive et je ne porte pas de grigri. Mais quand je vois des peintres à l'ouvrage, j'évite de passer sous leur échelle pour ne pas recevoir leur pot de peinture sur le dos.

La malchance, ça s'évite ! En tout cas, ça peut se contourner.

Fuyez les vecteurs de malchance.

Les copains négatifs qui sapent votre énergie, les gens malfaisants, les fainéants, les parasites, les méchants. Il faut se créer un environnement favorable, optimiste, ouvert à ses projets... Et soi-même croire à son étoile ou à son ange gardien.

Ceux qui disent n'avoir jamais de chance se lamentent toute la journée. Ils voient la bouteille à moitié vide tandis que les plus optimistes la voient à moitié pleine.

Ceux qui dramatisent leurs échecs,
leur soi-disant malchance,
n'ont aucune chance de stimuler la chance !

Les autres, au contraire, se disent qu'en cas de déboires il faut avoir de la ressource. Transformer un échec en une possibilité de rebondir. Vous avez perdu une bataille, pas la guerre. Et puis ne vous morfondez pas trop sur un rendez-vous manqué du destin. Qui sait...

Une malchance peut parfois devenir une opportunité radieuse

« Si Dieu vous ferme une fenêtre, c'est pour vous ouvrir une porte ! », me disait le curé de mon enfance. Ne vous est-il jamais arrivé de penser, avec le recul, « Mon Dieu, heureusement que je n'ai pas obtenu ce poste », quand vous avez appris que la société qui devait vous embaucher avait déposé son bilan ? Et celui-là, qui a dû aller faire une psychothérapie à la suite d'un chagrin d'amour dont il pensait ne pas se remettre : il est aujourd'hui marié, père de famille, fou de bonheur et... fou de terreur rétrospective à l'idée qu'il aurait pu manquer cette félicité si l'ex qui l'avait tant désespéré ne l'avait pas largué sans ménagement.

Ne sombrez jamais dans le désespoir, ce serait insulter l'avenir. Tout peut toujours arriver, même le meilleur.

– Clé n° 7 –

L'OBJECTIF

Quand la flèche de l'archer n'atteint pas sa cible,
il cherche la cause en lui-même !

Vous avez un rêve dans la tête, la passion pour égérie, un potentiel acceptable et vous avez choisi votre route. Mais en suivant cette route, jusqu'où voulez-vous aller ? Vous souhaitez faire Paris-le pôle Nord, ou vous arrêter en Belgique ? Les deux options sont aussi respectables l'une que l'autre, mais ne nécessiteront pas le même investissement.

Fixez-vous un but !

En fonction de tous les paramètres que nous avons évoqués jusqu'ici, quelle est pour vous l'ultime étape ? Attention ! Désormais nous ne naviguons plus dans le rêve de « devenir quelqu'un », de « réussir » : il vous faut maintenant du concret ! Un de mes professeurs me répétait souvent : « La volonté de réussir permet de réussir à volonté, mais il faut avoir la volonté de choisir sa réussite afin de réussir ce que tu

81

as choisi. » C'était un peu compliqué à comprendre pour moi à l'époque mais, avec le recul, je pense qu'il avait raison. En clair, cela signifie qu'il faut, dès le départ, se fixer un but bien précis.

J'ai vu de nombreuses personnes se lancer à l'aveuglette dans des projets fous, notamment lors du boom d'Internet et des start-up. Ces gens-là se sont précipités pour construire sur du sable. Certes, c'était clinquant, prometteur, mais la plupart de ces étourdis se sont écroulés en quelques mois.

Ne vous fiez pas trop
aux réussites spontanées

Elles existent, mais demeurent rares ! Elles ne sont pas le fait de dilettantes, mais d'hommes ou de femmes généralement brillants qui ne savent pas trop où ils vont, avancent, enchaînent les succès et, un jour, se retrouvent à la tête d'un empire sans vraiment l'avoir programmé. Mais si, au départ de leur aventure, ces personnes ne se sont pas fixé d'objectif, je pense que sans le savoir, de manière inconsciente, elles avaient toutes en commun le goût du challenge et la volonté de gagner. Or, comme on dit, l'appétit vient en mangeant. Je connais un chef d'entreprise qui a hérité de la petite société de son père. Cette affaire employait à l'époque vingt-cinq personnes. Elle compte aujourd'hui plus de trente mille salariés ! Quand j'ai rencontré cet homme, il venait déjà de passer le cap des six mille employés. Il était n° 6 dans son activité et se demandait alors s'il n'allait pas se faire absorber par un plus gros entrepreneur, prendre l'argent et partir au soleil. Mais il s'est pris au jeu, s'est fixé des objectifs ambitieux mais raisonnés. Il est maintenant le leader du marché. Il a « bouffé » les autres ! Contrairement à moi qui savais très jeune ce que je voulais devenir, ce chef d'entreprise n'avait pas projeté au départ d'être le premier, mais ce rêve est apparu lors de son ascension.

Dans l'ensemble, pourtant, croyez-moi, mieux vaut se fixer un objectif précis que faire confiance au destin. Cet objectif, vous ne l'atteindrez peut-être pas. Vous ne serez pas président de la République, vous serez juste ministre ou député, mais vous ne dévierez pas de votre route.

Une fois l'objectif ciblé, s'y tenir.

Lorsque vous vous dirigez vers une destination, plus le lieu à atteindre est précis, plus vous avez de chances d'y parvenir rapidement. Mais vous ne pouvez pas prétendre à la fois profiter de la rapidité de l'autoroute et arriver dans les mêmes délais en prenant une bretelle pour aller cueillir des fleurs dans les champs. Libre à vous de jouer de la flûte traversière le soir pour vous délasser de votre lourde tâche de directeur financier, mais n'espérez pas, en même temps, réussir votre entrée au conservatoire. Il y a des gens comme ça qui veulent tout, tout de suite. Généralement, ils n'obtiennent rien !

Programmez des étapes

Lorsqu'un but est trop lointain, on finit par ne plus y croire, l'objectif est si flou qu'on risque de relâcher l'effort nécessaire pour l'atteindre. Balisez votre route d'étapes qui ne soient pas hors de portée, et déployez tout votre potentiel pour y parvenir. Il ne vous viendrait pas à l'idée d'envoyer à vingt ans un curriculum vitæ où vous préciseriez au P.-D.G. d'une entreprise que votre but est de prendre sa place ! Visez poste par poste, et tirez de vos expériences tous les enseignements possibles, même si ces expériences se sont soldées par des échecs.

Les objectifs « intermédiaires » permettent de s'aguerrir pour le combat final. En judo, je m'en suis fixé beaucoup. Et je ne me rendais pas malade si je perdais ces combats transitoires. Je me servais de ces rencontres pour essayer de nouvelles tactiques, de nouveaux gestes, faire un état des lieux de mon potentiel physique, technique, et apporter les réglages nécessaires pour le jour J : le championnat du monde.

C'est pour cela que, malgré mes défaites dans certains de mes affrontements, je n'ai jamais éprouvé de déception ou d'abattement. On s'en étonnait. La presse ne comprenait pas que je gérais alors ma carrière en fonction d'objectifs prédéfinis depuis longtemps. Et devenir champion du monde était le seul de ceux-ci qui me rendait heureux et que je désirais vraiment atteindre. Lorsque tu prépares la grande et belle victoire de tes rêves, la défaite fait partie des épreuves nécessaires car elle se transforme, par ta volonté, en expérience positive. Sans gâcher le bonheur d'exercer une activité que tu aimes.

Pour que la longue route vers le succès
ne se transforme pas en chemin de croix,
il faut à tout prix conserver la notion de plaisir.

Sans lui, impossible de réussir de grandes choses. Et pour cause : il faut savoir que notre cerveau est programmé pour éviter la douleur et rechercher le plaisir... systématiquement ! Comme toute ascension – qu'elle soit personnelle, professionnelle ou sportive – demande souvent des sacrifices et de gros efforts qui perturbent nos habitudes déjà chèrement acquises, notre cerveau associe ces efforts inéluctables à la douleur et, inconsciemment, nous bloque dans notre quête de réussite. Il faut donc à tout prix rassurer notre cerveau et le convaincre que l'objectif fixé nous apportera d'autant plus de plaisir que nous aurons vaillamment lutté pour l'atteindre.

Pour parfaire cette stratégie, je vous conseille d'y intégrer la notion d'anticipation. En effet, se fixer des objectifs ambitieux peut parfois vous effrayer ou vous pousser à les abandonner sous la pression, par exemple, d'un entourage qui ne vous croit pas capable d'arriver jusque-là. Votre cerveau reprend alors ses bons vieux réflexes de conservation des habitudes adoptées et bloque votre volonté. Dans ce cas, anticipez l'objectif en y associant, à l'avance, la visualisation du travail bien fait, du plaisir de combattre et de gagner !

Autre petite technique pour que votre cerveau
transforme la souffrance du labeur incessant
en plaisir : vous récompenser !

Chaque fois que l'on sent avoir fait un progrès en vue de l'objectif rêvé, il faut marquer le coup en se faisant plaisir. Établissez donc une petite liste de récompenses et de cadeaux à vous offrir en pareil cas. Et n'attendez surtout pas d'avoir enfin atteint l'objectif final pour vous octroyer un bonus.

Donnez-vous des dates

Pour enrayer l'action inhibitrice du cerveau si celui-ci vous cause encore trop de tracas, appliquez une dernière tactique : rendez vos objectifs « raisonnablement » urgents. Il ne s'agit pas ici de vouloir griller les étapes, mais de se fixer des délais... assez courts si possible. Pourquoi ? Parce que votre cher cerveau gère d'abord les urgences. À condition que vous les lui présentiez comme telles. Si vous pensez seulement « il faudrait qu'un jour je prenne des cours d'anglais si je veux briguer telle place », vous ne le ferez jamais. C'est comme pour arrêter de fumer : on décide que tel jour sera celui de la dernière cigarette, et l'on s'y tient.

Sachez réévaluer vos objectifs

À la baisse comme à la hausse ! Et sans défaitisme honteux dans le premier cas de figure, ni mégalomanie dans le second.

Vous aviez une petite ou moyenne entreprise florissante où vous vous êtes révélé un patron de choc, idées originales, charisme et bénéfices à l'avenant. Vous avez voulu monter un « groupe », racheter des entreprises concurrentes, concrétiser peut-être là votre rêve de jeunesse. Seulement vous n'êtes pas un homme d'argent, mais un créatif. Or un groupe, cela suppose des arcanes financiers, des échéances, des banquiers, des sous-chefs de groupe autrement plus difficiles à gérer que votre petite équipe d'autrefois, et vous n'y arrivez pas. Vendez tout avant qu'il ne soit trop tard ! Et n'en faites pas une dépression. L'expérience vient de vous prouver que vous n'aviez pas le goût du pouvoir mais celui de votre métier : c'est tout à votre honneur.

À l'inverse, vous avez atteint votre objectif beaucoup plus tôt que prévu. N'abandonnez pas pour autant votre plan de carrière ! Reculez vos limites, revoyez vos ambitions, ne vous dites pas dans l'euphorie de cette première grande victoire : « Je suis un surdoué », « Ça y est, je suis arrivé ! », ou encore « Maintenant plus rien ne peut m'arrêter ». Imposez-vous de nouvelles étapes à franchir. Faites le bilan de ce qui vous reste à acquérir pour vous réaliser pleinement. Prenez le temps de redéfinir votre niveau.

Et restez modeste ! Si la griserie de l'autosatisfaction vous guette, rappelez-vous que le plus grand savant n'est pas celui qui sait qu'il sait tout mais celui qui sait qu'il ne sait rien, car cette quête du savoir fera qu'il saura tout.

Élémentaire, non ?

- Clé n° 8 -

LE TRAVAIL

Celui qui ne progresse pas chaque jour
recule chaque jour.

Sauf à naître avec une cuillère en argent dans la bouche ou à nous contenter d'expédients plus ou moins illicites, nous sommes tous tenus de travailler, ne serait-ce que pour assurer notre subsistance et celle des nôtres. Et comme, répétons-le, nous passons une très grande partie de notre temps au travail, mieux vaudrait transformer cette obligation en plaisir. Comment voulez-vous vous accomplir dans votre carrière, et même dans votre vie personnelle, si vous traînez comme un boulet ce que vous considérez comme une tâche de forçat ?

Bien sûr il est des professions peu gratifiantes qui n'engagent pas à l'euphorie, mais ce qui me stupéfie, à l'heure actuelle, c'est que même des métiers attractifs font figure de pensums.

Le travail n'a plus la cote !

« Vivement le week-end ! », « Allez, encore quinze jours à tirer et ce sont les vacances », « Comment allez-vous ? Comme un lundi. »... Bonjour l'ambiance ! Peut-on sérieusement s'épanouir avec une telle mentalité ? Comment s'améliorer dans un pareil climat de contrainte ?

Cessons de dévaloriser le travail :
il nous permet de vivre,
c'est son plus beau titre de noblesse.

Même un gars qui œuvre à la chaîne en usine peut se dire que sa tâche est faite pour être exécutée et que, lorsqu'il en est venu à bout, il en sort victorieux.

Victorieux et utile ! Ce « boulot » lui permet de subvenir à ses besoins et à ceux de ses proches tout en lui offrant un espace de cordialité non négligeable. Ne croyez pas que je fais là du populisme déplacé : il faut entendre les ouvriers parler de leurs camarades ! C'est souvent beaucoup plus joyeux, et chaleureux, que les apartés vachards de certains cadres se critiquant les uns les autres...

Le type qui passe sa journée dans la rue au bout d'un marteau piqueur, il lui faudra sans doute beaucoup d'imagination pour trouver là, dans le bruit, la poussière et les gaz d'échappement, la moindre raison de se réjouir, mais il peut estimer qu'il participe à la bonne tenue des canalisations de la ville, donc au confort général.

Jadis on disait qu'il n'y avait pas de sot métier. Toute profession correspond à une demande, à des besoins qu'il faut satisfaire, à une utilité économique et sociale. Aussi humbles soient les tâches que nous accomplissons, dès lors que nous travaillons, nous sommes insérés dans la société. Il suffit d'avoir connu un licenciement économique et le chômage pour mesurer toute l'importance de la chose. Quand on n'a plus de travail, on a l'impression d'être exclu, d'être mis à l'écart de la communauté, on ne peut plus faire de projets, on a le sentiment de ne plus avoir d'avenir et de ne plus exister. Et lorsque sonne l'heure de la retraite, bien des gens se sentent tout aussi désemparés que les demandeurs d'emploi : faute de trouver une activité de substitution, leur ennui les conduit vite à la dépression.

On ne peut passer sa vie à ne rien faire,
ni à somnoler sous un cocotier.
Même bénévole, tout travail vaut mieux
que l'inactivité.

Professions ingrates : tout est relatif...

Ça vous amuserait, vous, d'être couvreur ? Sur les brisis par tous les temps, avec le risque de se casser la figure ? Eh bien l'un d'eux, « recyclé » chauffeur de taxi à la suite d'un accident du travail, m'a confié à un feu rouge en regardant les toits : « S'il y a plusieurs vies, un jour, je remonterai là-haut »... avec du soleil dans les yeux.

Pour certaines dames, « faire des ménages » est presque une déchéance. Pour une employée de maison de ma connaissance, c'est être la vraie maîtresse des lieux. « Mais je ne prends pas n'importe quoi, m'at-elle expliqué. Les gougnafiers, les crades, je n'en veux pas. J'aime l'élégance, la propreté, l'ordre. Et dans ces appartements-là, je me défonce comme s'ils étaient à moi. »

On en revient à la notion du choix. Si vous ne pouvez pas exercer le métier de vos rêves faute de diplômes précis ou d'opportunités, essayez au moins de trouver une activité qui ne vous rebute pas, dans une ambiance qui vous convienne.

Et, au besoin, cherchez à sortir de votre condition ! Il y a des cours pour cela. Dactylo, couture, gardiennage d'enfants, comptabilité : si vous n'avez pas pu, au départ, accéder à une formation, il n'est jamais trop tard. Mes parents m'ont parlé d'un homme, issu d'un milieu très modeste, qui était manutentionnaire dans une usine de chocolat. Tous les jours, il emballait des plaquettes. Une sorte d'obscure révolte l'a poussé à prendre des cours du soir pendant des années pour s'élever. Il a échoué lors du premier concours, il s'est accroché, il a recommencé et, aujourd'hui, il est professeur de mathématiques dans une école privée.

Quand on aime, on ne compte pas !

La passion est la meilleure amie du travail : elle le transforme en joie. Une personne passionnée est capable d'abattre un boulot pas possible car la passion décuple ses capacités. Ce n'est plus du travail, d'ailleurs, puisqu'on touche à l'affectif. La femme d'un avocat en prise avec une plaidoirie délicate ira le tarabuster quatre ou cinq fois avant qu'il ne vienne dîner. « Il est encore dans ses dossiers... » L'autre dira « il est encore en train de peindre le garage », à propos d'un mari bricoleur. Et l'époux d'une femme médecin généraliste regardera l'heure en trépignant : « Ses malades lui bouffent la vie. » Pas du tout ! Simplement leur santé lui importe tant que cette femme ne voit pas l'heure passer ni la fatigue venir.

Mais attention, point trop n'en faut...

Prenez garde au surmenage !

Vous vous octroyez un quart d'heure pour déjeuner, rapportez des dossiers chez vous le soir et en week-end, vous « tenez » avec six cafés par jour, des complexes vitaminés, voire un peu trop d'alcool ou pire ? Êtes-vous sûr d'être encore efficace ? Évidemment l'expérience, les réflexes conditionnés du professionnalisme vous aident... jusqu'à la grosse bourde que vous ne saurez éviter, le clash avec vos employeurs ou employés parce que vos nerfs lâchent ou, plus prosaïquement, une cure de sommeil à l'hôpital.

Soyez attentifs à vos dérapages : ils pourraient vous conduire droit dans le mur. Ou simplement vous rendre incompétent. Les Américains appellent ça le *burn out*. À force de bosser, vous vous consumez, et un jour vous n'avez plus rien à l'intérieur... donc plus rien à donner. Votre flamme s'est éteinte sans même que vous vous en aperceviez.

Écoutez les autres quand ils vous disent que vous êtes fatigué, au lieu de prendre ça pour une insulte !

En tant qu'athlète, j'ai connu des périodes de surentraînement où tu tombes dans le piège de la surdose sans la voir venir. Si un entraîneur lucide ne te le fait pas remarquer, tu travailles, tu travailles, comme tu es fatigué tu te révèles moins bon, donc tu t'entraînes encore plus et tu n'arrives à rien. Là, l'entraîneur te dit : « Ça suffit ! Tu t'arrêtes une semaine. »

C'est pareil pour toutes les autres activités. Vous avez trop la tête dans le guidon pour repérer les signes d'épuisement : fautes d'inattention, manque de concentration, lapsus répétitifs, sautes d'humeur. Votre entourage, lui, s'en rend compte et s'inquiète. Écoutez-le : soufflez quelques jours !

— Mais je ne peux pas ! répondrez-vous, drapé dans la dignité de celui dont dépend l'avenir d'un commerce, d'un bureau, d'une équipe.

Et si vous passez sous une voiture tout à l'heure, distrait comme vous l'êtes en ce moment, croyez-vous vraiment qu'on ne pourra pas vous remplacer ?

Savoir travailler, c'est aussi savoir se reposer.

Dans le sport, le repos fait partie de l'entraînement, le repos fait partie du travail ! Si l'on parle de « fracture de fatigue » quand un sportif a trop forcé, ce n'est pas pour rien.

Ailleurs c'est la même chose. Il faut prendre des

vacances – pas trop longues à chaque fois si possible. Cinq semaines d'affilée vous déconnectent abusivement : vous perdrez plusieurs jours de réadaptation au retour. Plusieurs fois une ou deux semaines, en revanche, rechargera vos accus.

Et pas de vacances du tout (c'est rare mais ça arrive) auront pour résultat de vous empêcher de prendre du recul par rapport à votre carrière. Vous allez finir totalement abruti, vous ne verrez même plus évoluer le contexte dans lequel vous travaillez et un jour on vous jettera parce que vous n'êtes plus dans le coup. Sans parler de votre entourage, de votre conjoint, de vos enfants, qui en auront assez de vivre avec un automate.

*Décrocher en vacances, en week-end,
permet de ne pas se perdre de vie.*

Je dis bien « de vie ». Le travail nécessite des plages de calme, de retour sur soi, voire de méditation. Sinon, vous n'êtes plus un être humain, mais une machine.

*Dans la journée aussi,
il faut faire des coupures qui vous ressourcent.*

Prendre le temps de déjeuner, et si possible de sortir. Rester confiné à la cantine, ou dans votre bureau avec un en-cas vous prive d'air, et aussi – souvent – de lumière. Les spécialistes en la matière vous diront que l'absence de lumière mène à la dépression. Avant d'aller dépenser vos sous dans une cure de luminothérapie, allez donc faire un tour dans un square !

Le soir, offrez-vous
un sas de décompression.

Qu'est-ce qu'on fait aux enfants quand ils rentrent de l'école, une fois les devoirs terminés ? On leur donne un bain, on les met en pyjama, et on les fait dîner. Eh bien, vous devriez en faire autant, sauf soirée dehors avec des amis. Troquez le pyjama et la chemise de nuit pour une tenue d'intérieur plus affriolante si vous tenez à ménager la libido de votre partenaire, mais lavez-vous, relaxez-vous, chassez vos soucis.

Au lieu de cela, combien de suractifs se servent-ils un verre, allument la télévision et avalent ses tristes nouvelles, ou ressassent les ennuis de la journée ! Comment voulez-vous qu'ils récupèrent ?

Surtout s'ils sont rentrés à des heures indécentes...

Changer ses horaires...

En France, le rythme général de travail est complètement absurde. Chez les cadres comme chez nombre d'employés, on ne démarre que vers 9 h 30 ou 10 heures du matin. Avant c'est le café, le commentaire des bruits de couloirs, les bla-bla en tout genre. Ensuite on arrête de travailler à 12 ou 13 heures pour la pause déjeuner, qui dure parfois deux bonnes heures. D'ailleurs quand tu appelles dans les bureaux pour un renseignement à ce moment-là, tu trouves rarement quelqu'un. On reprend vers 14 heures ou 14 h 30. Durée de travail effective depuis le matin : deux heures à deux heures et demie tout au plus.

Alors, forcément, on doit rattraper le temps perdu et l'on ne finit pas avant 20 ou 21 heures.

Il va de soi que l'on ferait mieux d'entamer sa journée plus tôt (on est plus efficace le matin) et de la finir également plus tôt. C'est ainsi que chez les Hollandais, par exemple, on commence à l'aube, on se contente d'une heure de « break » à midi et l'on quitte le bureau dès 17 heures. Chacun peut alors se consacrer en toute quiétude à ses amis, à sa famille ou à des hobbies.

Ils peuvent se détendre complètement, et le lendemain ils n'en sont que plus productifs.

Débordé ?
Revoyez votre organisation !

Votre méthode de travail est-elle bonne ? Et d'abord avez-vous une méthode ? C'est indispensable. Il vous faut un projet d'ensemble, puis œuvrer au coup par coup. Au judo, tu te fixes un objectif final, mais ensuite tu prends les adversaires les uns après les autres. Un judoka qui s'engage en compétition et pense, dès la première rencontre, aux deuxième, troisième et quatrième adversaires qu'il est susceptible d'avoir est sûr de se tromper.

Faites-vous un plan de travail général,
et fixez-vous un ordre d'exécution.

Vous devez pour la fin du mois avoir terminé le projet X ou Y, mais entre-temps réglé un différend avec Untel, visité dix clients, vu votre expert comptable, cherché des ouvriers pour le chantier que vous venez d'entreprendre et qui a du retard : notez tout ! Mettre noir sur blanc l'ensemble des travaux à venir vous déstressera. Rien n'est pire que de laisser l'angoisse diffuse de toutes ces tâches tourner dans sa tête comme un maelström.

Après quoi, établissez des hiérarchies, selon l'urgence, la nécessité, vos possibilités d'exécution. Et là, allez-y pas à pas, sans rêvasser, ou vous angoisser, sur la cible finale.

Et ne vous fiez pas, si ce n'est pas votre nature, à certains collègues apparemment bordéliques dans leur façon d'agir et qui sont néanmoins toujours à l'heure. En réalité, ils sont très structurés dans leur tête. Mais ce n'est pas donné à tout le monde. Si votre cerveau n'est pas un ordinateur, inscrivez vos priorités.

Les bienfaits de la liste quotidienne

Si vous débarquez au bureau sans savoir ce que vous allez faire, vous allez encore pédaler dans la semoule. Alors que si la veille au soir vous avez noté tout ce que vous aviez à réaliser, vous vous montrerez aussitôt efficace. Sans compter le plaisir de rayer, au fur et à mesure, les tâches exécutées.

N'oubliez pas de réserver du temps
pour les imprévus !

Un cinquième de votre temps ! Cela semble beaucoup mais c'est à peu près la bonne mesure. Si vous vous faites des programmes à la minute près, vous allez vivre dans une tension permanente et votre emploi du temps sera toujours bousculé. Il y a les pannes de voiture, le patron qui vous prend deux heures pour une urgence imprévue, le fournisseur qui fait faux bond à un chef de fabrication obligé de revoir toutes ses livraisons, l'assistant malade, l'ordinateur qui fait des siennes, etc.

Et si rien de tout cela ne vient entraver votre beau programme, vous en profiterez pour prendre de l'avance sur certains dossiers, pour mettre en ordre vos papiers, faire la synthèse de vos activités ou des projets à venir. Le temps de réflexion est indispensable dans l'évolution d'une carrière, il faut régulièrement faire le point. Le goût du travail n'implique pas de s'essouffler du matin au soir.

Diversifier ses activités

Quand vous êtes depuis un certain temps sur un travail de concentration, ou de précision – il peut s'agir d'écrire un long rapport ou de réparer une montre –, arrive un moment où vous ne voyez plus clair. Et vous savez bien que vous n'avez pas pour autant le loisir d'aller au cinéma ou à la piscine. Alors offrez-vous une « distraction » laborieuse. Changez pendant une heure ou deux d'activité. Passez les coups de téléphone en retard, rangez une armoire, faites un peu de courrier, videz-vous la tête : elle sera plus apte

à reprendre la tâche ardue que, loin d'avoir aban-
donnée, vous avez laissé « reposer » comme un pâtis-
sier son feuilletage.

Sachez changer
vos méthodes de travail

Tout évolue, et l'organisation qui se révélait excellente il y a six ans est devenue inefficace. Si votre
train-train rassurant ne cadre plus avec les nouvelles
charges qui vous incombent, repensez-le.

Apprenez à déléguer, reconnaissez que votre façon
de faire n'est pas la bonne, cassez vos rythmes, bous-
culez vos habitudes. Outre une efficacité accrue, vous
en tirerez le bénéfice suprême d'échapper à la routine,
ce qui est excellent pour le moral, et pour la créativité.

Apprenons aux jeunes à travailler !

Savoir travailler n'est pas inné. Or qui nous
enseigne quoi que ce soit dans ce domaine ? Quand
je me rappelle ma scolarité, je n'ai pas le souvenir
qu'on l'ait fait. C'est pourtant une matière qui devrait
avoir sa place à l'école, ou du moins au collège, au
lycée.

Il faudrait aussi que les aînés se mobilisent – on
l'a déjà dit mais il n'est pas inutile d'y revenir – pour
transmettre leur savoir dans ce domaine. Un stagiaire
qu'on aura utilisé uniquement à faire des photocopies
ne risque pas d'apprendre grand-chose. Quand on se

lance dans une carrière, il faut faire non seulement l'apprentissage de son métier, mais aussi l'apprentissage du travail ! Pour cela, il est souhaitable que les jeunes trouvent près d'eux des gens d'expérience – et de générosité – qui leur inculquent quelques recettes en même temps que le goût de l'ouvrage bien fait. Il n'y a pas qu'en haute montagne que les guides se révèlent nécessaires.

LE
PERFECTIONNISME

Pour bien faire, mille jours ne sont pas suffisants.
Pour faire mal, un jour suffit amplement.

Je n'ai jamais compris pourquoi, dans le dictionnaire, à « perfectionner » on peut lire « améliorer,
parfaire », et à « perfectionnisme » : « tendance *excessive* à rechercher la perfection ». Je m'énerve tout
autant quand on m'explique que cette envie de « toujours mieux » se révèle totalement inutile, puisque la
perfection n'est pas de ce monde. Je réponds en
général que c'est là une excellente raison pour tenter
de s'en approcher.

Ou du moins, selon ses moyens, pour aller au plus
haut de ses possibilités. Après tout, quand un compagnon du tour de France exécute son « chef-d'œuvre »,
ce n'est pas d'un ouvrage parfait qu'il s'agit, mais
d'une œuvre aboutie destinée à prouver à ses pairs de
quoi il est capable. Alors ne jouons pas sur les mots :
le perfectionnisme est le désir d'aboutir au meilleur
de son travail et de ses possibilités, et c'est une qualité
indispensable à la réussite quelle qu'elle soit.

Le perfectionnisme indique
votre degré de motivation

Le danseur qui répète des centaines de fois un mouvement n'est pas un obsédé de la barre, mais un artiste passionné. L'ingénieur qui fait et refait toutes les expérimentations possibles sur un prototype non seulement aime son métier, mais respecte ceux qui utiliseront sa trouvaille. Un perfectionniste veut simplement bien « accomplir » sa tâche.

À l'inverse, le vendeur qui vous reçoit comme un chien dans un jeu de quilles, vous laisse vous débrouiller tout seul dans les rayons et, quand vous lui demandez une explication, ne daigne pas vous la donner, vous met d'une humeur telle que vous partez acheter votre costume, votre meuble ou votre grille-pain ailleurs. Il nuit donc au commerce pour lequel il travaille et se nuit à lui-même car son attitude, si elle se répète, ne manquera pas d'alerter ses employeurs. Il faut qu'il comprenne à temps qu'il n'est pas fait pour être vendeur – ce n'est pas une honte ! – et qu'il cherche autre part un job qui le concerne davantage.

Aucun détail n'est « sans importance »

Un métier n'est pas fait que de grandes envolées créatives : tout compte ! C'est d'ailleurs pour cela qu'à tous les échelons chacun a son importance. Prenez une robe : le styliste qui en a dessiné l'épure n'est pas le seul à en assurer le succès. Toute une équipe concrétise son idée : les coupeurs, les couturiers, les ouvrières qui reproduisent le modèle en atelier de confection, les propriétaires de magasins de prêt-à-porter qui ont su – dans un souci de perfection de choix – en repérer la qualité. Et aussi la vendeuse avisée qui connaît ou jauge sa cliente, ne lui serine pas avec impatience que tel vêtement lui va à ravir alors qu'il la fait ressembler à une cloche à fromage, mais la dirige vers ce qui l'avantage au mieux. Toutes ces étapes nécessitent le souci du détail, un perfectionnisme qui n'est en rien une obsession mesquine.

Même chose pour un restaurant. Si la cuisine est bonne mais le cadre sans caractère, si la réception ou le service laisse à désirer, on n'a pas envie d'y revenir.

Si vous voulez faire repeindre votre salle de séjour, vous préférerez sans doute faire appel à un artisan dont on vous a vanté la propreté, le soin pris à protéger vos sols, meubles et bibelots ainsi que l'art de tout remettre en place plutôt qu'un manieur de pinceau tout aussi talentueux mais qui vous livrera un champ de bataille.

Si vous envoyez un curriculum vitæ rédigé à la va-vite, mal tapé et pollué par des fautes d'orthographe, n'espérez pas trop un entretien d'embauche. Si vous négligez, dans un contrat ou un devis, d'aborder tous les aspects de la prestation que vous proposez, vous aurez des problèmes en cas de contestation.

Et ainsi de suite. On n'en finirait pas d'énumérer les cas où le désir de « parfaire » améliore vos chances de succès.

Le perfectionnisme, ça facilite la vie !

Au lieu de l'empoisonner, comme certains le prétendent. Et dans les domaines les plus divers, pas seulement au travail. Cela permet de tout « border ». Vous achetez un pull-over, vous regardez s'il n'y a pas une maille sautée ou si la caissière ne l'a pas déchiré en sectionnant le gros bidule antivol qui le protège : vous n'êtes pas un « emmerdeur », vous vous assurez de votre achat. Quand je vais dans un aéro-club, avant d'embarquer sur un avion j'en fais le tour pour en vérifier l'état général. Si vous faites l'acquisition d'une voiture, mêmes précautions à prendre, dussiez-vous exaspérer le concessionnaire pressé de vous refiler sa merveille.

Et dans le domaine professionnel, cela facilite la tâche de tout le monde et la bonne marche d'une équipe. Car si l'un des maillons de la chaîne a commis une erreur, cela rejaillit sur tous les autres. Vous oubliez de joindre une pièce à un dossier et voilà le contrat attendu reculé d'autant. Vous omettez de ranger un papier, vous l'égarez, et c'est une demi-heure ou plus de temps perdu à le retrouver, sans compter le stress provoqué.

Travailler avec des perfectionnistes, c'est le top !

Vous pouvez tout simplement « compter sur eux ». Alors s'ils vous énervent parfois en verrouillant le moindre aspect de leur travail, ne les blâmez pas : c'est pour le bien général.

***Ne pas confondre perfectionnisme
et maniaquerie : l'un témoigne du désir de faire au
mieux, l'autre révèle une angoisse pathologique.***

Si vous revenez trois fois sur vos pas pour vérifier que vous avez bien fermé vos fenêtres, le gaz ou votre coffre-fort, vous n'êtes pas perfectionniste mais anxieux, ou très fatigué.

Que vous contrôliez les collaborateurs qui se trouvent sous votre responsabilité, c'est la moindre des choses, car justement, étant le chef, vous êtes « responsable » de leurs actes. D'ailleurs on reconnaît un bon leader, entre autres, au fait qu'il ne se prévaut jamais de la défection d'un subalterne pour expliquer une erreur quelconque dans son entreprise : il assume ! Après quoi il règle ses comptes avec le vrai fautif, mais face à ses clients ou partenaires, il assume.

En revanche, jouer à longueur de journée la mouche du coche auprès de ses assistants, tatillonner à tout bout de champ révèle une anxiété de mauvais aloi et empêche les autres de travailler. De même, revoir dix fois de suite un travail achevé ne prouve pas que vous êtes perfectionniste, au contraire ! Cela signifie que vous n'avez pas su vous concentrer et que vous ne vous faites pas confiance. Sans doute à juste titre.

C'est la préparation qui compte !

C'est en amont qu'il faut se parfaire. Dans l'entraînement sportif, tu dois analyser tous les mécanismes qui te permettront d'être au top et de ne pas laisser la porte ouverte à la déconcentration. C'est valable pour tes mouvements, l'enchaînement technique dans ta prise de garde, ton schéma tactique, l'appréhension et la connaissance de l'adversaire.

Et là non plus, tu ne dois pas négliger le moindre détail, le moindre effort. Ainsi, au début de ma carrière, j'avais en horreur de faire des séances vidéo pour étudier, par la suite, le jeu de mes adversaires. J'estimais que les avoir eus entre mes mains ou les avoir vus en compétition me suffisait à mémoriser leur technique. Seulement un jour, en refusant l'une de ces séances vidéo, j'ai perdu l'occasion de découvrir un nouveau mouvement que mon adversaire avait mis au point et, sur le tatami, je me suis fait surprendre.

Partout, le « mieux » réside dans la préparation, l'analyse détaillée de ses erreurs, l'évaluation de ses atouts, la synthèse des forces et faiblesses de ses rivaux, patrons, clients et partenaires. Et surtout, la mise au point d'un certain nombre d'automatismes qui vous permettront de gagner du temps. Un mécanicien aguerri ne va pas se gratter la tête en se demandant ce qu'il n'aurait pas, « par hasard », oublié de vérifier : cette vérification « méthodique », donc apprise, est devenue naturelle. Un chirurgien saura, par expérience, qu'il n'y a pas de « petite intervention », que la moindre anesthésie réclame d'infinies précautions, et il ne risquera pas d'oublier une compresse dans le ventre de son patient parce qu'il ne négligera jamais rien, par principe.

Le perfectionnisme « acquis » permet de pallier une baisse de potentiel

Car tout le monde peut un jour être fatigué, à 60 ou 70 % de son état optimum. Ce fut le cas pour moi, après mon accident de moto. Mais si j'avais perdu – provisoirement – 30 % de ma forme, le souci du détail mille fois revu et corrigé, les automatismes étaient là : j'ai gagné quand même.

Le perfectionnisme est une source de joie

Vous avez déjà vu un ébéniste se retourner sur le meuble qu'il vient de terminer ? On aurait du mal à trouver plus belle lueur de bonheur dans un regard ! N'avez-vous pas vous-même ressenti cette satisfaction mêlée de fierté quand vous avez, non pas bâclé, mais « achevé » un travail, même s'il s'agissait d'avoir simplement tapissé un fauteuil ou réparé une installation électrique ? C'est là un sentiment on ne peut plus gratifiant, ce qu'on appelait, autrefois, « le goût de la belle ouvrage ».

En ce sens, le perfectionnisme relève de l'esthétisme. Un travail réalisé au mieux, c'est beau de toute façon. C'est la splendeur de l'aboutissement. Mais l'ultime aspiration demeure quand même la beauté du geste, une certaine grâce dans l'art et la manière, qu'il s'agisse d'un pas de deux, de la façon de maîtriser un entretien ou d'agencer un jardin. Et c'est une euphorie qui n'est pas près de passer de mode !

Parce qu'il suppose à la fois précision,
sentiment de plénitude et aspiration
à une forme de beauté,
je pense que le perfectionnisme a de l'avenir.

Clamer qu'on est au siècle de l'à-peu-près ne me paraît pas tout à fait juste. Les techniques de pointe ne souffrent pas de demi-mesure et nécessitent un souci du moindre détail. Quant aux attitudes de vie, elles changent. Voyez comme on célèbre depuis peu les activités annexes, l'artisanat, le chant, la danse. Curieusement, dans ces « hobbies », les gens ne ménagent ni leur temps, ni leur peine pour parvenir au mieux.

Et c'est peut-être par ce biais qu'ils retrouveront le chemin du perfectionnisme dans leur existence ou dans leur métier. Pourquoi fabriquer quelque chose pendant ses heures de loisirs représenterait-il une joie et deviendrait une punition dans le cadre du travail ?

Le perfectionnisme appliqué à soi-même

On n'a jamais fini de s'améliorer, à moins d'être d'une fatuité ridicule. Il faut régulièrement regarder en arrière, faire le bilan de ses erreurs et mesurer ses facultés de progresser dans l'avenir. Après tout, notre plus beau chef-d'œuvre, au sens où l'entendent là encore les compagnons du tour de France, c'est nous-même ! Les charpentiers, menuisiers, tailleurs de pierres et autres passent de ville en ville pour parfaire leur savoir, leur expérience et leur créativité. Nous,

nous allons sur les chemins de la vie sans jamais avoir terminé d'apprendre, de nous rendre utile, de mieux aimer, d'exister.

Je suis sans doute encore trop jeune pour oser philosopher sur ce point, mais je suis sûr d'une chose : si l'on s'engage dans cette voie, on n'aura jamais l'occasion de s'ennuyer !

- Clé n° 10 -

110 %

Quand tu dois gravir une montagne,
ne regarde pas le sommet mais tes pieds.

110 % ! Ça sonne comme un défi et vous pouvez penser qu'il est réservé aux sportifs de haut niveau, aux guerriers ou aux têtes brûlées. Pas du tout ! Il ne s'agit pas non plus ici de « connaître ses limites pour mieux les dépasser », ce dont nous avons parlé plus haut. Dépasser ses limites, c'est approfondir un sujet qu'on ne maîtrise pas bien, prendre des cours d'anglais si vous avez découvert que c'était là votre point faible dans certains de vos rendez-vous, tout ce qui peut améliorer votre potentiel de base. Mais viser le 110 %, c'est encore autre chose : c'est aller au-delà de ce que l'on croit « pouvoir » faire.

On sous-estime toujours
ses possibilités

Sauf les inconscients, bien sûr, ceux qui se croient capables de tout. De ces gens souvent pleins de bonne volonté mais dangereux, qui vous répondent immanquablement « pas de problème » quand vous leur confiez un travail. « Pas de problème, j'ai compris ce que vous désirez... mais non ce n'est pas difficile pour moi... oui ce sera prêt mardi. » Et le mardi, ils sont encore dans le pétrin. Huit jours plus tard, ils vous livrent un boulot qui n'a rien à voir avec ce que vous espériez, et là il y a un vrai problème !

Mais la plupart d'entre nous avons une réaction contraire, tout aussi excessive, du style « je ne pourrai pas », ou « je n'en peux plus ! » à un moment donné.

Quand on dit « je ne peux plus », c'est que l'on peut encore... la plupart du temps.

Voyez vous-même ! Combien de fois avez-vous prononcé ces mots – je ne peux plus – et avez continué quand même ? Quand on ne peut vraiment plus, on ne prévient pas, on lâche tout. Un matin, à l'entraînement, je prends un de mes partenaires en étranglement. Je l'étrangle au sol, il n'a plus d'air, il a les carotides compressées, très peu de sang lui monte au cerveau, donc il décide d'abandonner. Pour ce faire, au judo, tu tapes par terre, et automatiquement ton partenaire relâche sa prise. Mais là, il s'agissait d'aider ce garçon à assurer sa défense, donc de voir s'il était vraiment à bout – auquel cas j'aurais lâché –, ou s'il avait de la ressource. Or je vois (l'expérience m'y aide) qu'il a encore de l'énergie sous le pied. Alors je continue à serrer et je lui dis qu'il peut s'en sortir : « Je ne te lâcherai pas, réagis sinon tu perds ! » Et là, d'un seul coup, il m'a repoussé avec ses bras et a réussi à se sauver. « Je n'aurais pas cru pouvoir arriver jusque-là ! », m'a-t-il confié ensuite.

Il découvrait les 110 % !

Sans rivaliser avec cet exemple extrême, vous savez bien, dans votre for intérieur, que vous pouvez aller au-delà de ce que vous « acceptez » généralement de faire.

Vous avez déjà entrepris une promenade en montagne, avec pour objectif le pic Untel, là-haut, si loin ? Tout au romantisme de l'aventure, vous vous levez à 4 heures du matin, enfilez votre tenue de montagnard, prenez votre canne et votre sac à dos, rejoignez les copains après un petit déjeuner nocturne : on sera là-haut vers midi...

Deux heures plus tard, vous vous demandez ce que vous foutez là, sur ce chemin pierreux, à souffler comme un phoque au lieu de ronfler béatement dans votre lit. Et à l'idée de souffrir encore six heures de la sorte, vous annoncez à vos compagnons de route : « Je n'y arriverai jamais ! »

Bien entendu, ils refusent votre défection et vous entraînent sur leurs pas. Pendant la pause de 9 heures, vous respirez déjà mieux. Quand sonnent les 11 heures au clocher d'une lointaine église, vous ne pensez même plus à l'effort qu'il vous reste à fournir, vous avancez, vous gravissez, et à midi le monde s'étale sous vos yeux. Vous l'avez fait !

Une urgence vous oblige à retarder vos vacances. Vous vous dites : « J'étais déjà au bout du rouleau, je ne tiendrai pas. » Mais voilà que votre urgence se révèle être un défi passionnant : vous le relevez et vous retrouvez la pêche.

Donc, en général, face à un obstacle ou une épreuve que vous jugez « insurmontable », déclenchez le plan ORSEC, utilisez votre potentiel, éliminez les occupations annexes pour un temps, et foncez !

Jugulez la peur !

Pendant que vous paniquez, vous n'agissez pas. Vous devez réaliser quelque chose d'exceptionnel, vous en perdez le sommeil, vous ne savez pas par quel bout prendre ce boulot, vous avez du potage dans la tête, cela s'apparente presque à de la phobie.

Les phobies, ça se soigne !

Toutes les thérapies comportementales y parviennent fort bien. D'abord en *expliquant* la raison, ou l'irraison, de ces peurs. Une personne qui se met à pousser des cris hystériques à la seule évocation d'un serpent n'est pas « raisonnable », ni rationnelle. Si on lui apprend que lorsqu'un serpent voit un homme il se sauve ventre à terre, elle va déjà se calmer. Et quand on lui dit qu'il ne mord que si on lui marche dessus, elle va considérer son reptile de tout autre manière : elle va regarder où elle met les pieds, elle va oser affronter la bête pour mieux voir où elle se dirige. Et là, déjà, on peut dire qu'elle sera à 110 %.

Devant toute tâche qui vous paraît insurmontable, les recettes se révèlent identiques.

Il faut connaître ce qu'on affronte.

Où réside la difficulté ? Dans un manque d'information ? À vos dictionnaires ou ordinateurs ! Dans le délai ? Acceptez de vous faire aider, de prendre un stagiaire, d'associer un partenaire à cette tâche hors du commun. Dans la compétence ? Là, soyez très vigilant : si vos lacunes sont trop grandes, il faut refuser la tâche, cela relève de la connaissance de vos limites ; mais si vous devez bûcher un peu pour vous mettre au courant dans tel ou tel domaine, n'hésitez pas : c'est un enrichissement comme un autre.

Valérie m'a parlé d'une amie documentaliste à qui une grande entreprise avait demandé la rédaction d'un mémoire d'archives concernant la contestation anti-nucléaire. Cette jeune femme avait plutôt l'habitude de bosser pour des universitaires et ne connaissait rien au plutonium ni à l'uranium enrichi. Mais l'aspect social et technique du problème l'intéressait, le contrat proposé se révélait fructueux : elle est désormais incollable et elle a reçu les félicitations du haut responsable en charge de ce dossier !

Et quand on lui demande à quoi tout cela lui a servi, en dehors de gagner de l'argent, elle répond :

— Ça m'a permis de comprendre que je pouvais aller fureter en dehors de mon territoire et, partant, de diversifier mes prestations de service, même si le challenge était un peu fou et le but difficile à atteindre...

110 % :
le petit grain de folie
qui vous fait la vie belle.

Surmonter le doute, être plus fort que la difficulté peut vous aider dans tous les aspects de la vie.
Troquez définitivement le « je n'y arriverai jamais »
pour « je vais essayer de le faire » ! Vous mettrez
ainsi toutes les chances de votre côté quand il
s'agira d'affronter un chômage temporaire, une rupture, une maladie, une reconversion, une adaptation
nécessaire.

Un peu fou, oui.
Complètement cinglé, non !

Au judo, les Japonais à l'entraînement ne frappent
pas sur le sol pour que leur adversaire s'arrête : ils se
laissent tomber dans les pommes. Excessif, inutile et
dangereux.

Certains pilotes prennent trop de risques : ce n'est
plus 110 %, mais une témérité sans bornes. Ils le
paient parfois de leur vie.

Ne les imitez pas : qu'on dise de vous « ce type est
un fou furieux » n'est pas bon signe du tout. Ne jouez
pas aux 110 % à toutes les occasions. Réservez la possibilité que vous avez d'aller au-delà de vos forces aux
circonstances exceptionnelles. Ne vous fiez pas trop
aux vantards qui prétendent chaque jour accomplir
un exploit : ils mentent. Méfiez-vous plutôt d'eux, au
sein d'une équipe : ces hâbleurs ont l'art de présenter

comme des prouesses ce qui relève seulement de la routine.

En Normandie, les paysans ont coutume de dire : « Grands diseux, petits faiseux. » En clair : « Il y a ceux qui disent, et il y a ceux qui font. »

Faites !

- Clé n° 11 -

LE DÉBLOCAGE

Tout ce qui ne te tue pas te rend plus fort.

Bien sûr, par « déblocage », je n'entends pas la divagation mais la levée de certaines inhibitions qui parfois vous paralysent. On ne réussit pas en état de tension constante. Or plus l'épreuve se rapproche, quelle qu'elle soit, plus on a tendance à ne pas se détacher de ce qu'elle représente, des angoisses qu'elle génère, des enjeux qu'elle suppose. Tout cela au détriment des ultimes préparatifs et du maintien de sa forme. Sans compter le risque majeur : le blocage rédhibitoire.

Pour éviter ce « pire », un seul remède : cesser de s'accrocher comme une pieuvre à tous les dangers potentiels qui vous guettent, ne pas laisser la folle du logis détruire vos acquis, faire le point de sa situation, reprendre des forces et confiance... et après, laisser faire la fortune !

Stress et blocage :
la valse des actes manqués.

S'il existe un phénomène détestable, décourageant, c'est bien ce qu'on appelle familièrement le blocage. Vous avez tout en main : les aptitudes, vos objectifs, une solide formation, des mois de travail derrière vous et autant de cœur à l'ouvrage, et à l'instant précis où vous devez poser ces atouts sur la table, vous vous retrouvez tétanisé. C'est l'athlète qui ne peut plus lever le bras pendant son exercice de compétition, l'étudiant qui remet une copie désastreuse alors qu'il a tout son sujet dans la tête, l'architecte qui vient présenter le projet de sa vie avec des mots si incohérents qu'on n'a même pas envie de regarder ses plans. Le beau rêve se transforme en cauchemar, l'obstacle à franchir devient épreuve insurmontable.

Évitez ce genre de dérapage ! Le stress se révèle utile pour vous surpasser, vous force à vous entraîner, vous met « la pression ». Jusqu'au moment où, chez certains, il submerge leur personnalité comme une lame de fond et emporte tout sur son passage, même le désir de réussir. Et vous assistez alors à des spectacles inconcevables ! Un garçon de ma connaissance m'a expliqué que, en vue de son premier emploi, il avait passé son heure d'entretien avec son éventuel futur patron à expliquer tout ce qu'il ne savait pas faire... Un journaliste m'a dit avoir ressenti une telle trouille face au poste – inespéré – qu'on lui proposait qu'il s'est montré absolument odieux et a presque éprouvé du soulagement quand il a appris qu'il ne faisait pas l'affaire. Sans compter les trains loupés, les erreurs de date ou les maladresses des amoureux tellement transis qu'ils gèlent toute relation avec leur belle dès le premier rendez-vous.

Mais qu'arrive-t-il donc à tous ces gens-là ? Une peur telle de l'échec qu'ils vont le devancer. Un absolu manque de confiance en soi, qui remonte parfois aux heures décisives de l'enfance.

Les verrous de l'enfance : attention à la honte !

Quand un gamin a entendu pendant des années qu'il n'était bon à rien, il est logique que, par la suite, à l'âge adulte, il souffre de complexes, qu'il se dévalorise à ses propres yeux, et que le syndrome de l'échec le hante.

Les parents doivent se montrer très vigilants sur ce point. Sans doute peu d'entre eux sont-ils assez cruels ou mal aimants pour traiter leurs bambins d'incapables, mais cela ne suffit pas. En cas de mauvaise note ou d'examen raté, ils doivent cacher leur déception et essayer de comprendre les raisons de ces échecs, dans la mesure où leurs petits avaient au départ les moyens de réussir leur copie. Ils doivent les aider à passer le cap du doute.

Ne jamais lâcher un gamin
après un examen raté.

Il faut qu'il le repasse ! Ne pas le laisser fuir (sauf si on l'a lancé dans une voie qui le rebute). Lui dire qu'il doit de nouveau affronter l'épreuve. Si on ne l'aide pas, si l'on accepte qu'il s'esquive pour avoir la paix, on en fera une espèce de nouille qui se laissera bouffer à n'importe quel coin de rue.

Il convient aussi de faire attention à ses propres mises en garde. Quand une maman, en toute inquiétude affectueuse, te dit « ne monte pas sur cette chaise sinon tu vas tomber », premièrement si tu lui désobéis c'est sûr que tu te casses la figure, deuxièmement tu retiendras que le risque est synonyme de dégringolade et tu n'en prendras plus aucun. Si au contraire, simplement, la maman dit au petit « attends encore un peu avant de monter sur les chaises, il faut que tu sois sûr de ton équilibre » et lui explique ce qu'est cet équilibre, elle ne le placera pas dans une perspective de catastrophe à chaque fois qu'il tentera quelque chose.

Cela dit, les blocages restent fréquents, dans l'enfance et dans l'adolescence, sans que les parents, parfois, y comprennent quoi que ce soit. Cet âge est si secret ! On ne sait pas toujours ce qui se passe dans la tête d'un môme, et l'on est souvent à mille lieues d'imaginer l'événement ponctuel qui l'a ainsi bloqué dans une situation d'échec. En ce cas, un psychothérapeute sera le bienvenu. Les tabous concernant les psys commencent à se lever : on sait désormais qu'ils ne sont pas les médecins des « anormaux », mais des thérapeutes au fait des rouages de l'inconscient et capables d'en déjouer les chausse-trapes, chez tout un chacun. Expliquons cela, aussi, aux enfants...

***En tout cas, ce qu'il faut éviter à tout prix,
c'est d'appeler la honte à la rescousse.***

« Tu n'as pas honte ? Regarde le fils du charcutier, il a réussi, lui ! Est-ce que tu te rends compte de ce que les gens vont penser de toi ? » Et voilà le gosse lesté d'un fardeau honteux qu'il traînera toute son existence. Il n'en sera peut-être pas conscient, mais chaque fois qu'il aura une étape à franchir, il associera l'idée de perdre à la honte. De quoi freiner le plus téméraire.

Faites taire les trompettes de la vanité

*Le succès ou l'échec
ne concernent que vous !*

Vous vous êtes préparé avec application, vous avez mis toutes les chances de votre côté, vous avez votre conscience pour vous : maintenant les dés sont jetés, que le sort en décide et que le meilleur gagne. En cas de défaite vous serez déçu, certes, mais votre amour-propre n'en sera pas blessé. Sachant cela, vous pouvez aborder sereinement l'épreuve.

Tandis que si vous mêlez à ce challenge le regard des autres, vous êtes fichu ! Que va penser Untel si je ne réussis pas ? Et ma mère ? Je vais la décevoir... J'aurai l'air malin devant ma femme, etc. Il y a beaucoup de ces vanités-là dans le blocage. Sachez vous en préserver.

J'ai ainsi remarqué que bien des gens — même des personnages publics — se retrouvent bloqués quand ils passent à la télévision. Ceux qui les fréquentent dans le privé ne les reconnaissent plus. Les bavards deviennent muets, les gentils adoptent une agressivité de roquet qui aboie de peur qu'on ne le morde, les meilleurs orateurs ne maîtrisent plus leur dialectique.

L'un de ces ex-bloqués, qui a fait beaucoup de progrès depuis, m'a raconté un jour comment il s'était — en des circonstances tragiques — sorti de ce cul-de-sac :

— Je devais passer au journal télévisé de 20 heures. Le matin même, j'avais appris la mort de mon meilleur ami. Quand je suis arrivé au studio, je me suis laissé mécaniquement pomponner, maquiller, coiffer, alors que les autres fois je traquais la moindre mèche de travers. Je n'ai pas ressassé mentalement, contrairement à mes habitudes, tout ce que je devais dire pour faire bonne impression. L'opinion des autres, soudain, je m'en moquais, au regard de la perte que je venais de subir. Je connaissais bien mon sujet, évidemment. Je l'ai donc exposé sans affectation, ni fioritures, ni prudence excessive, et tout le monde m'a dit que, pour une fois, j'avais été bon. Je dois à mon pauvre camarade disparu cette découverte peu glorieuse : c'était mon image et le qu'en-dira-t-on qui me retiraient mes moyens.

L'inconnu des toutes premières fois

Tout événement qui peut modifier votre avenir est une grande première — un examen, un rendez-vous, un match —, même si vous avez déjà passé des dizaines d'épreuves de ce genre. On plonge dans l'inconnu. Un nouvel examinateur, un nouveau client, un nouvel adversaire, un nouvel amour. Inutile de vous perdre en vaines supputations : c'est comme une première au théâtre, on a le trac.

Ne pas confondre le blocage et le trac.
Ce dernier est tout à fait sain !

Je dirais même que le trac est juste une preuve d'amour. Je m'explique : le trouble qui vous saisit est proportionnel à l'amour que vous portez à telle ou telle personne, à votre profession, à votre discipline ou à votre art. Tous les acteurs – ou presque – ont le trac, mais dès que le rideau se lève il s'en va, comme s'il n'était apparu en coulisses que pour mieux les conditionner.

Rien à voir avec cette peur tétanique qui vous retire tous vos moyens avant même le jour fatidique.

« Fatidique »… Ce qui marque une intervention du destin. Le mot n'est-il pas un peu fort ?

Relativisez l'événement !

Non, votre vie n'en dépend pas ! L'échéance que vous redoutez n'est qu'une étape sur votre parcours. Inscrivez cette étape dans une chronologie au lieu de la vivre comme une fin en soi, comme si tout devait s'arrêter après elle. Si tu passes le bac, ce n'est que le bac : en cas de gadin, tu recommenceras l'an prochain, voilà tout, ça vaut mieux que de se fracasser la colonne vertébrale en tombant d'une échelle. Si vous n'êtes pas embauché aujourd'hui au poste de vos rêves, même topo. Les jeux Olympiques, d'accord ce sont les jeux Olympiques, mais pour moi c'est d'abord du judo. Et si le talent du goal que tu dois affronter pour ton prochain match te désespère, pense à regarder la lucarne, sinon tu mettras le ballon dans le gardien.

Oubliez vos anciens échecs, évitez la spirale !

Amnésie totale pour ce qui s'est passé avant ! Mais cela n'est possible, bien sûr, que si l'on a tiré toutes les leçons de ses diverses défaites, si on les a digérées dans une perspective d'amélioration, et si l'on n'en a pas fait une obsession vitale.

Pour ma part, je me comporte avec la notion d'échec d'une manière qui m'a toujours réussi : je l'envisage. Calmement, comme une éventualité. Cela ne m'empêche pas de verrouiller tous les points sensibles de l'événement auquel je dois faire face, mais cela m'évite assurément le blocage.

La thérapie par l'idée du pire

Je savais par exemple que les J.O. de Sydney seraient ma dernière compétition. Et, quoi de plus naturel, je souhaitais partir en beauté, sur un dernier succès. L'enjeu était énorme, la pression intense. Alors, pour me libérer de ce poids, je me suis projeté au-delà de la compétition, que je gagne ou que je perde. J'ai « admis » l'éventualité d'un échec. Et avec Valérie, on s'est mis à faire plein de petits projets.

Quoi qu'il advienne, au retour d'Australie on s'offrirait tel plaisir, on ferait tels travaux à la maison, on s'achèterait une voiture, on irait rendre visite à des copains qu'on n'avait pas vus depuis longtemps...

Eh bien, croyez-moi, c'est très efficace ! D'abord ça permet de penser à autre chose qu'à « l'instant fatidique », et puis ça remet la tête en place : la Terre ne s'arrêtera pas de tourner si l'aventure se déroule autrement qu'on l'espérait, et vous ne vous arrêterez pas de vivre non plus.

Bonnes et mauvaises recettes
de dernière minute

Ce n'est pas le moment
de changer vos habitudes...

Ce n'est pas parce qu'on est à la veille d'affronter une épreuve que l'on doit modifier son mode et son rythme de vie. Si besoin était, il fallait s'en occuper avant, pas à la toute dernière minute. Il est absurde et ridicule de changer d'horaires, de régime alimentaire ou de je ne sais quoi encore sous prétexte qu'il n'est jamais trop tard pour bien faire.

La meilleure façon d'évacuer son stress, c'est justement de vivre comme si de rien n'était, le plus normalement possible, comme si le lendemain était un jour comme un autre. Rien n'interdit d'aller au restaurant, au cinéma ou de jouer aux boules, bien au contraire. Pourvu que vous puissiez penser à autre chose et vous détendre, il n'y a pas de raison de vous en priver.

Les grigris : attention !

Je sais bien que dans le monde du sport, on adore ces pratiques d'apparence ludique mais qui risquent également de vous influencer. C'est le maillot fétiche, toujours lacer la chaussure gauche en premier... toujours ! C'est le bisou sur le crâne de Barthez, le talisman qu'on porte en secret sous sa jupe de tennis, et tant d'autres formalités qui rassurent. Je me garderai bien de critiquer tous ceux qui s'adonnent à ce genre de rituel, car il m'apparaît surtout comme une sorte de rassurance, une façon de se mettre en ultime condition.

Attention cependant à ne pas trop croire à l'effet magique de ces habitudes ! Parce que si vous ne pouvez pas aller à un rendez-vous crucial sans votre cristal de sel dans la poche ou la médaille de sainte Rita, le jour où vous les aurez oubliés vous y verrez un mauvais présage. À la limite, mieux vaut simplement faire sa prière : Dieu, au moins, vous ne pouvez pas l'égarer.

Et maintenant, lancez-vous !

Chaque épreuve d'importance est une sorte de saut à l'élastique. Le type qui se jette dans le vide a tout bordé auparavant, et d'abord vérifié qu'il avait l'élastique aux pieds. N'empêche, il faut sauter du pont, et à ce moment-là vous ne devez plus penser à rien, imaginer que le lien va céder ou que vous pourriez ne pas être bien arrimé, c'est trop tard. Il faut arriver vierge à tout rendez-vous de la chance. Et là avancer, avancer... Je dirais presque être fataliste. Advienne que pourra !

Si vous avez ainsi, avant le moment crucial, totalement desserré l'étau de la peur, de la vanité, de l'orgueil et du manque de confiance, il se peut que vous accédiez à ce qu'on appelle l'inspiration. Cet état de grâce qui vous fait trouver les gestes et les mots justes, les parades, les arguments forts, le don de sympathie, et qui vous fera dire au sortir de l'épreuve, quel qu'en soit le résultat : « J'ai été bon. »

- Clé n° 12 -

L'ÉQUIPE

Une baguette est facile à casser,
dix baguettes sont dures comme fer.

Je l'ai déjà dit, mais il n'est pas inutile de le répéter : s'il y a une évidence à bien se mettre dans la tête pour devenir un champion de la vie, c'est qu'on ne réussit jamais seul. Même dans les professions apparemment solitaires. Un peintre n'aurait rien à peindre s'il ne regardait pas les autres, n'observait pas leurs comportements, ne transcrivait pas les émotions qui l'entourent. Serait-il nombriliste et focalisé sur ses propres souffrances, celles-ci ont bien dû lui être infligées par autrui ! L'illumination d'un chercheur qui découvre le traitement miracle s'est nourrie de tous les travaux effectués avant lui sur le sujet. Dans l'entreprise, même si le patron se révèle génial ou pour le moins ingénieux, c'est l'équipe qui gagne. En sport c'est pareil.

Apprendre à penser « nous »,
c'est tout bénéfice pour chacun.

Regardez le judo. On pourrait croire que c'est un sport individuel. Faux ! Ne serait-ce que parce qu'on ne peut pas le pratiquer sans adversaire. Mais surtout parce que dans l'entraînement à haut niveau, on va bien au-delà de cet indispensable binôme.

Sans entraide, sans synergie, sans accepter de sacrifier parfois son intérêt individuel à l'objectif commun, on stagne. Par exemple, lorsqu'on en vient au travail prise par prise, chacun doit tour à tour aider son partenaire à affiner son geste. Il faut alors s'adapter aux souhaits de celui-ci et oublier sa propre progression pour qu'il puisse parfaire telle ou telle technique. Si, par exemple, il veut simuler un combat avec un gaucher, vous jouerez les gauchers — à charge de revanche : pas question de refuser !

L'équipe de France de judo exige de ses membres une abnégation plus grande encore car elle suppose, outre les sept titulaires qui représenteront l'Hexagone dans les rencontres internationales, environ cent cinquante « partenaires » que l'on surnomme familièrement « la viande » : terme un peu dur, je vous l'accorde, mais qui chez nous n'est pas perçu de manière péjorative. Il n'empêche que la situation est parfois difficile à vivre car, au départ, tous ces athlètes se trouvaient au même niveau et ont lutté pour remporter les sept places vedettes. Mais le jour où la sélection est connue, le groupe se scinde en deux : les titulaires d'un côté et puis les autres, cent cinquante personnes désormais complètement au service des sept premières, parfois pour longtemps. Les adversaires de la veille deviennent soudain de simples partenaires d'entraînement voués à accompagner les élus sur le chemin de la gloire. Les plus chanceux peuvent au

144

mieux espérer remplacer à l'occasion un athlète souffrant ou blessé. Certains paient ainsi de leur personne pendant des années sans jamais réussir à percer, tandis que les autres figureront un jour parmi les sept nouveaux titulaires, les « bouffeurs de viande ». Ce jour-là, ils bénéficieront à leur tour du soutien de toute la structure. La roue tourne... Mais en attendant, à eux de mettre leurs ambitions personnelles en sourdine pour le bien général. Et même si chacun cherche à s'améliorer afin de réaliser son rêve de devenir titulaire de l'équipe de France (ou de se maintenir en son sein), il sait aussi donner de son temps, de son talent, et accepter de se mettre entre parenthèses pour aider l'autre à progresser. Cette problématique fondamentale de la pratique du judo implique une bonne dose d'humilité, puisqu'elle revient pour certains à faire pendant un temps abstraction de leur propre carrière afin de se vouer à la réussite de quelques autres.

L'entreprise : chassez en bande !

On retrouve cette nécessité aussi bien dans l'entreprise que dans tout groupe amené à travailler de concert : si un de ses membres cherche à tirer la couverture à lui, il n'arrivera nulle part, l'entreprise non plus. Imitons nos lointains ancêtres des temps préhistoriques qui, tels les orques ou les loups, chassaient en bande. Tout simplement parce qu'on est beaucoup plus efficace quand on est plusieurs et qu'on met en commun ses forces et ses talents que lorsqu'on agit en solo. Évidemment, cela implique une certaine discipline, un partage des tâches et des responsabilités. Imaginez un commando militaire dont tous les combattants se bousculeraient pour être en tête de file sous prétexte que couvrir les arrières du peloton ne leur paraît pas assez glorieux : l'expédition courrait assurément au fiasco. Même chose si, au lieu de faire avancer un projet – quel qu'il soit –, les personnes qui y sont affectées préfèrent gaspiller leur énergie en luttes de préséance sans se soucier du risque de faire perdre ainsi le marché en question à leur employeur. Et sans comprendre qu'un tel échec rejaillira sur la crédibilité et sur la situation financière de l'entreprise, éléments qui affectent directement tous les employés de la société. Si celle-ci dépose son bilan, cela ne vous avancera guère de répéter que vous avez damé le pion au « petit jeune qui croyait tout savoir »...

*Aucune équipe ne peut fonctionner
si l'un de ses membres refuse de jouer le jeu
et s'obstine à agir sans tenir compte des autres
ni de leur travail.*

Le principe fondamental de l'équipe ? Mettre de côté ses opinions personnelles pour adopter et appliquer une ligne commune, et considérer la réussite de tous avant son avancement individuel. C'est cette notion – primordiale – d'intérêt commun, ce réflexe qui consiste à écarter les détails pour se focaliser sur un objectif général qui fait le succès d'un projet. Efforcez-vous donc de conserver une vision globale – ce qui n'implique évidemment pas de jouer les carpettes ni les courtisans. En bref, faites preuve de solidarité et d'esprit d'équipe, c'est indispensable pour réussir dans une entreprise comme dans la vie, même si l'on est très doué et même (surtout) si l'on fait déjà partie de ses dirigeants.

Être leader, ça se mérite !

Le travail en équipe implique l'acceptation d'une certaine hiérarchie. Une équipe comporte nécessairement un leader et des « leadés ». Et rien ne dit qu'il soit plus facile d'être le chef ! Car un leader – président, directeur ou simple chef de service – doit prouver sa valeur dans tous les domaines, tout le temps, sans faillir. Si ronflant qu'il soit, un titre n'est qu'une juxtaposition de mots. Un poste ne se justifie que par rapport à l'expérience et à l'efficacité de celui qui l'occupe – d'ailleurs, en cas de coup dur, c'est la compétence qui l'aidera à se recaser, pas le terme de « directeur » qui figurait sur ses cartes de visite !

Une plaque sur la porte d'un bureau
ne prouve rien du tout.

C'est au quotidien qu'il faut démontrer sa compétence, réaffirmer sa position de dirigeant et rappeler – par l'exemple et non par des phrases pontifiantes – en quoi l'on est le seul membre du groupe capable de tenir ce rôle, ou du moins le mieux qualifié pour le faire. Ce qui implique une notion de remise en question permanente, tant vis-à-vis de sa mission que vis-à-vis de l'entourage professionnel.

Tout comme le plus jeune de ses apprentis,
un leader – chef d'entreprise ou capitaine
d'équipe de France – doit chaque jour
faire ses preuves.

Savoir bien s'entourer

Une équipe, ce n'est pas abstrait. C'est un ensemble de membres qu'il faut choisir avec discernement. Presque toutes les grandes réussites sont le fait de leaders qui ont su bien s'entourer. C'est un vrai talent que de savoir constituer de bonnes équipes, de sélectionner sans jamais ou presque se tromper sur le choix de ses employés, et de leur encadrement. Mais cela peut aussi s'apprendre...

Détecter les bons partenaires fait appel à des qualités subtiles. Il faut, c'est évident, faire preuve de finesse et de psychologie, afin de discerner les capacités de chacun, mais aussi de deviner sa personnalité. Car les seules aptitudes professionnelles ne suffisent pas à justifier une embauche. C'est une erreur que de retenir la candidature d'une personne très douée dans son domaine, mais qui ne pourra jamais fonctionner avec les autres et qui n'aura pas l'esprit d'équipe. Mieux vaut se priver de son concours, même si cela implique de renoncer à un réel talent. Pour vous consoler, dites-vous que ce talent-là n'aurait de toute façon pas pu s'exprimer, ou en tout cas bien s'exprimer, faute d'entente avec vos autres collaborateurs. Car une équipe est avant tout un mixage, un *melting pot* de personnalités. Mieux vaut parfois employer des gens plus « moyens », quoique bien entendu de bon niveau, mais qui sauront bien travailler avec les autres. Une telle orientation, certes moins « glorieuse », se révèle à terme plus efficace.

> **Sachez déceler, et écarter,**
> **les briseurs d'ambiance potentiels,**
> **même s'ils sont bons dans leur domaine.**

C'est pourquoi il est primordial de faire se rencontrer les divers membres d'une future équipe avant de prendre une décision d'embauche définitive. Il ne s'agit pas de procéder par cooptation, mais de veiller à deviner à l'avance d'éventuelles incompatibilités d'humeur. N'oubliez pas que c'est vous, « le chef », qui devrez gérer les éventuelles frictions !

À éviter aussi : ceux qui n'aspirent qu'à devenir calife à la place du calife. Vous pouvez rêver de faire de vos collaborateurs vos dauphins, mais vous n'avez aucun intérêt à engager d'emblée des rivaux. C'est d'ailleurs ce qu'il faut expliquer aux jeunes loups qui voudraient dévorer tous leurs supérieurs d'un seul coup de dent. Dites-leur que l'ambition constitue un excellent moteur, à condition de prendre le temps de s'en donner les moyens. Mais ne cassez pas leur rêve ! Disposez de votre force de persuasion pour leur faire comprendre que l'horizon n'est pas bouché, et qu'ils auront leur chance au jour dit. Et si « d'humbles collaborateurs », dans la maison, font très bien leur travail, n'en concluez pas qu'ils sont « à leur place » pour la vie. Bien sûr, ça vous arrangerait, mais eux, certainement pas. Avant de chercher des sous-chefs ou des chefs de service à l'extérieur « pour amener un sang nouveau », pensez à la promotion au sein de votre entreprise. Veillez à toujours conserver le souci de faire progresser vos subalternes. Sinon, la démotivation les guette... et vous en supporterez les conséquences.

Maintenant, s'il vous faut vraiment engager quelqu'un, un autre problème se pose, d'ordre plus ou moins affectif. En termes de recrutement, deux écoles s'affrontent : certains recommandent de s'entourer de personnes qui vous complètent, tandis que les autres conseillent de choisir des collaborateurs qui vous ressemblent. Je pencherais plutôt pour la première option. Une équipe trop homogène me paraît par essence moins prometteuse et performante qu'une équipe plus mélangée, où la diversité des caractères fait gagner en richesse. Mais quelle que soit l'orientation d'embauche retenue, il faut impérativement résister à l'envie de considérer les candidats uniquement par rapport à soi. Bien sûr, on préfère engager une personne avec qui l'on « accroche » d'emblée, mais il faut surtout se pencher sur ses performances, sur son potentiel, sur son comportement dans un groupe de travail et sur vos besoins dans le cadre du poste à pourvoir. Vos éventuels « atomes crochus » avec ce candidat ne doivent venir qu'en queue de liste. Si le candidat satisfait à vos critères dans tous les domaines évoqués ci-dessus et s'entend bien avec le reste de l'équipe, mais que, au fond de vous-même, vous le jugez moyennement sympathique, ce sera plutôt à vous de vous adapter à ce nouvel élément et de faire des efforts pour qu'il s'intègre dans votre service. À ce compte, vous finirez sans doute par l'apprécier en tant que collaborateur. Avec des gens qui vous ressemblent, certes vous éviterez largement cet écueil, mais en contrepartie vous risquez de négliger certains éléments plus cruciaux pour la bonne marche de l'entreprise.

Ce n'est pas forcément une bonne chose que de ne travailler qu'avec des potes : quelquefois on y perd beaucoup en constructivité.

Ne cédez pas, inversement, à l'impulsion de faire de l'ensemble de votre personnel une société patchwork en sélectionnant de manière systématique des personnalités aussi diverses que possible, afin d'enrichir discussions et projets. Comme toutes les méthodes de recrutement artificielles, celle-ci risque de vous faire perdre de vue votre but, qui est de bâtir une équipe soudée et efficace. Enfin, n'oubliez pas de prendre en considération les qualités humaines d'un candidat... et ne vous laissez pas abuser par le numéro de charme auquel certains d'entre eux excellent – cela vaut pour les postulants des deux sexes !

Une équipe, ça se mène !

Pas d'équipe sans leader : il faut une personne qui prenne en main les destinées du groupe, avec les responsabilités que cela implique et la solitude qui résulte inévitablement de ce statut à part. Ce qui demande un certain courage. J'entends déjà des voix s'insurger : « Quoi ? Il faut du courage pour être patron ? Pour occuper un beau bureau et rouler en Mercedes ? Pour faire ce que l'on veut quand on veut ? » Eh bien oui. Arriver au top niveau n'est pas une sinécure – et s'y maintenir encore moins. Comme toute médaille, celle du leadership a son revers, qui implique notamment d'assumer le poids de décisions parfois controversées. On se culpabilise et l'on sait qu'on va devenir impopulaire, que son image va en prendre un coup. Il serait sans doute plus agréable de « laisser faire » et de continuer de profiter de cette image. Mais là, c'est votre conscience qui en prendrait un coup. On ne dirige pas une équipe, qu'elle soit commerciale, sportive ou autre, pour soigner son image. Le rôle du leader est avant tout de faire fonctionner le groupe.

Pas de démagogie, donc, mais il ne faut pas non plus tomber dans l'excès contraire : ce n'est pas en se comportant en despote qu'on obtient des résultats. Un bon chef d'équipe doit savoir impliquer ses ouailles et les responsabiliser, tout en les épaulant et en les réconfortant quand ils perdent confiance. Il n'est pas facile de trouver le juste milieu entre ces points divergents, mais c'est indispensable pour créer un climat qui incitera vos collaborateurs à donner le meilleur d'eux-mêmes, et surtout à avoir *envie* de le donner.

C'est aussi à vous de susciter un esprit d'équipe digne de ce nom. Pour ce faire, il ne suffit pas d'évoquer l'entreprise ou « la maison » à tout bout de champ, encore moins de sombrer dans une dérive populiste confondant esprit d'équipe et multiplication des heures supplémentaires non rémunérées

(« puisqu'on est tous une grande famille, faites un petit effort »). Raisonner ainsi ne fera pas de vous un bon leader, mais un vilain exploiteur. Mener une équipe, c'est avant tout penser que l'avenir de cette équipe est l'avenir de tous ses membres. Et cette philosophie vaut aussi bien pour le dirigeant du groupe que pour le plus humble de ses employés.

Diviser pour régner est une mauvaise tactique.

Ah, bien sûr, il est très tentant de questionner Paul pour savoir ce que fait Jacques, de promettre des hochets à Martine en sous-entendant que si elle se défonce elle aura de l'avancement avant Paulette, de donner à chacun – en privé – l'impression qu'il ou elle est plus important(e) à vos yeux que tou(te)s les autres. Mais c'est nul ! D'abord vos collaborateurs ne s'y tromperont pas et vos minables manigances engendreront chez eux du mépris. Ensuite, si par hasard ça « marche », vous pourrez vous féliciter d'avoir sapé ce fameux esprit d'équipe dont vous savez pourtant qu'il est le ciment de votre maison.

Pour régner, faites le roi !

C'est-à-dire donnez l'exemple. Dans la rigueur, la compréhension, l'égalité de caractère, la justice... et l'autorité ! Combien de patrons ont « peur », inconsciemment, de leurs collaborateurs, peur de les choquer, peur de les diriger, peur d'être seuls à assumer leurs responsabilités quand elles sont en contradiction avec la sensibilité de certains...

Osez imposer vos vues !

Il ne s'agit pas de se comporter comme un souverain absolu. L'équipe est une monarchie constitutionnelle. On prend l'avis de l'assemblée, on l'écoute, on discute, mais après, celui qui décide, c'est vous ! Et là, il faut faire en sorte d'imposer cette décision et de perpétuer la confiance. Dans une équipe de foot, chacun doit appliquer les consignes de l'entraîneur. Cela n'empêche pas les initiatives sur le terrain, mais on ne change pas les schémas tactiques imposés. À vous de convaincre votre équipe que vous êtes un bon entraîneur ! Un vrai chef est celui dont les subalternes pensent qu'il sait mieux qu'eux ce qu'ils doivent faire. Autant il convient de favoriser la concertation au départ pour mûrir vos décisions, autant, une fois que c'est décidé, c'est décidé ! Ne tolérez pas que des brebis galeuses en mal de pouvoir – ou juste des inquiets tétaniques – transforment les couloirs en officines à critiques : la confiance partirait, l'énergie perdue en discussions stériles nuirait à la tâche générale, et personne n'y gagnerait.

Motivez vos troupes !

Faire respecter ses décisions n'implique pas d'exiger juste « l'obéissance ». Vous n'avez pas affaire à des écoliers, mais à des adultes. Et l'équipe a tout intérêt à ce que chacun travaille dans l'enthousiasme plutôt que dans la soumission. Or ce n'est pas toujours évident, surtout en ce qui concerne les tâches pénibles ou peu gratifiantes, notamment parmi les jeunes. À dix-huit ou vingt ans, on refuse certaines activités jugées dévalorisantes – sans doute le sont-elles en effet, d'une certaine façon –, mais indispensables à la bonne marche de l'entreprise. Ou alors, si l'on accepte le poste, on veille à fournir le travail minimum et l'on ronchonne du matin au soir en grommelant qu'on mérite mieux. D'un autre côté, il faut des gens pour répondre au téléphone, vider les poubelles ou ranger le matériel. Et il en faudra toujours. Entrer dans une entreprise par la petite porte ne présente pas uniquement des désagréments.

En premier lieu, cela permet de comprendre le fonctionnement interne d'une entreprise, inculque le sens de la hiérarchie et aide à comprendre que nul ne peut parvenir au sommet de la pyramide sociale sans gravir bon nombre d'étages intermédiaires. Avant de devenir chef, on est sous-sous-chef puis sous-chef et, avant tout cela, on a été le grouillot de ses supérieurs. Il est même arrivé qu'on aille leur chercher un café. D'autre part, il se peut qu'assigner une tâche peu enthousiasmante à un employé doté au départ d'une mentalité « tire-au-flanc » l'incite à réagir, à se remuer pour échapper aux corvées et à accomplir un jour des activités plus intéressantes. Expliquez-le à vos débutants !

C'est un immense atout pour un dirigeant que de pouvoir se mettre dans la peau de l'un de ses magasiniers parce que lui-même, autrefois, a occupé ce poste.

C'est la raison pour laquelle toutes les grandes écoles imposent à leurs étudiants un « stage ouvrier » obligatoire, au cours duquel les cadres en herbe sont amenés à pointer et à travailler à la chaîne. Car on ne peut comprendre certaines activités qu'en les accomplissant. Bon nombre d'entreprises appliquent également un programme de formation qui fait occuper successivement aux jeunes tous les postes subalternes (grandes surfaces, chaînes de restauration rapide, parcs de loisirs, etc.).

Voilà pour les futurs dirigeants en herbe, mais certaines personnes ne sont pas appelées à monter sur le podium. C'est auprès d'elles qu'un bon chef de service doit jouer un rôle, afin de les aider à découvrir que même les tâches ingrates apportent leur pierre à l'édifice. Il s'agit de leur faire prendre conscience du caractère essentiel de leur travail pour l'équipe à laquelle vous appartenez tous.

Et sans démagogie, en toute sincérité, intéressez-vous à eux ! Rien n'est pire, pour un « petit employé », que de se sentir transparent quand vous passez devant lui...

Déléguez et encouragez

Osez confier à vos collaborateurs des responsabilités nouvelles. Ne les cantonnez pas dans des tâches subalternes par crainte qu'ils ne prennent votre place. C'est une mentalité de gagne-petit. De toute façon, votre place, quelqu'un la prendra un jour, tôt ou tard. Alors autant que ce soient vos « élèves ». C'est ça aussi, l'esprit d'équipe !

Juste avant Sydney, en juillet 2000, j'ai par exemple tenu à prévenir Jérôme Dreyfus, mon remplaçant, que je n'étais pas sûr de participer aux jeux Olympiques et je lui ai recommandé de se préparer comme s'il devait m'y remplacer. Mon but : que l'équipe de France jouisse des meilleures chances de succès possibles, même dans le cas où je devrais déclarer forfait. Il s'agissait avant tout que « nous » remportions un maximum de médailles, pas que David Douillet, et lui seul, grimpe sur le podium.

L'art de la critique

Pas facile de dire à quelqu'un qu'il a mal fait son travail. Surtout s'il y a mis tout son cœur. C'est pourtant – aussi – le rôle des chefs, de service ou d'entreprise.

Une clé d'or : ne jamais humilier personne.

Ne jamais accabler de reproches l'un de vos collaborateurs en présence de ses collègues ou, pire, de ses propres assistants. C'est une offense humaine qui ne se pardonne pas. Et puis ça bousille la légitimité dont doit jouir toute personne, à quelque poste qu'elle soit.

Positivez vos reproches !

Après ma médaille, j'ai tenu à conserver un rôle auprès de la Fédération française de judo. Je reste donc l'un des *coaches* de l'équipe de France. En tant qu'entraîneur, face à un judoka qui rencontre un problème technique, j'essaie de ne pas me focaliser d'emblée sur son point faible, celui sur lequel nous allons devoir travailler. Au contraire, je m'oblige à n'évoquer dans un premier temps que ses points forts. Je me montre encourageant, insistant sur tel domaine qui va à merveille, telle chose qu'il fait bien. Alors seulement j'embraie : « Par contre, si là tu faisais ça plutôt de cette manière, je pense que ce serait mieux. » Moyennant quoi, je fais passer le message que je souhaitais transmettre, sans démoraliser mon interlocuteur. Si je m'étais immédiatement attaché à mettre en lumière ses erreurs, il aurait eu l'impression que je lui enfonçais la tête sous l'eau... ce qui l'aurait inévitablement rendu moins réceptif à mes conseils et beaucoup moins motivé pour se corriger.

Même chose face à un gamin qui rapporte à la maison un carnet de notes avec un 4 sur 20 en mathématiques. Même si vous-même avez brillé à Math Sup' et si le fait que votre aîné se joue des problèmes d'algèbre vous désole, contenez votre déception. Forcez-vous à commencer par le féliciter pour tout ce qui va : d'abord c'est plus gentil et plus constructif, et puis cela vous aidera de surcroît à relativiser le problème. Il n'est pas mauvais dans toutes les matières, votre pitchoun, loin s'en faut ! Après, seulement, vous aborderez l'épineuse question des mathématiques...

Cet exercice de modération n'est pas toujours facile, d'autant qu'on en vient vite à s'obnubiler sur les manquements de l'autre, qu'il s'agisse d'un sportif qu'on entraîne ou d'un employé, au point de ne plus voir que cela. Forcez-vous cependant à effectuer cette démarche positive, ne serait-ce que par souci d'efficacité : on n'arrive à rien en tombant à bras raccourcis sur un collaborateur qui n'a manifestement pas compris comment vous souhaitiez qu'il présente ses rapports. Tandis que si vous commencez par le féliciter pour d'autres aspects de son travail et par le rassurer (message implicite : « Je ne suis pas en train de vous virer »), il se détendra et se montrera beaucoup plus attentif à vos remarques. Certes, lorsque l'on est resté au bureau jusqu'à 22 heures le vendredi pour réparer une erreur commise par un assistant, il est très difficile de ne pas lui aboyer dessus dès le lundi matin. Essayez tout de même d'éviter ces éclats, et rappelez-vous que vous aussi, autrefois, avez été un novice.

Cela ne signifie pas, évidemment, qu'il faille ravaler ses critiques pour éviter de blesser ses adjoints. D'une part, à moins de posséder le don de double vue, ceux-ci ont peu de chances de deviner tout seuls ce qui vous déplaît et en quoi cela vous déplaît ; et, en second lieu, un leader laxiste est souvent considéré comme un leader indifférent. De même qu'un enfant qu'on ne réprimande pas lorsqu'il commet une bêtise en déduit inconsciemment que peut-être il ne vous intéresse pas – ou que vous ne l'aimez plus –, un employé dont on ne corrige jamais la copie finira par perdre toute motivation. Montrez-lui que vous surveillez son travail et profitez-en pour lui expliquer les erreurs que vous souhaiteriez ne pas lui voir répéter. À vous de trouver le juste milieu entre l'indifférence (ou la poltronnerie) et les reproches incessants. Et jouez la carte de la transparence : c'est toujours payant...

N'oubliez pas de dire merci !

Vous avez bien entraîné votre équipe, bien critiqué, bien dirigé, et vous venez d'enlever un marché, de vendre un projet, d'obtenir un prix ? Vous exultez devant vos amis, vos concurrents, et même devant votre équipe en lui démontrant que vous êtes *heureux*.

N'avez-vous pas oublié quelque chose ? Dire merci, ça vous écorcherait la bouche ? En tout cas, ne pas le dire, ne pas partager votre victoire écorchera certainement votre futur potentiel de leader.

Ainsi « la viande » supportera à la rigueur qu'un champion médaillé aux jeux Olympiques ou aux championnats du monde rentre au bercail avec les chevilles légèrement enflées, mais malheur à lui s'il se croit autorisé à ne plus saluer ses partenaires d'entraînement, ou simplement à ne pas célébrer l'événement avec eux, à refuser de l'évoquer. La sanction ne se fera pas attendre et, au cours des préparations futures, le « champion d'un jour » verra sans doute ces partenaires se montrer nettement moins coopératifs que par le passé. C'est pareil dans une entreprise : on se décarcasse plus volontiers pour un chef de service qui sait vous remercier après un projet couronné de succès et qui met un point d'honneur à partager avec vous ses lauriers que pour son homologue réputé pour « oublier » qu'il n'a pas accompli le travail tout seul.

Nous avons tous vécu des situations de ce type. À l'époque où je faisais partie de « la viande », il m'est arrivé d'avoir envie de refuser de me battre pour certains titulaires dont je jugeais l'attitude trop ingrate. Je m'astreignais à le faire malgré tout, par souci de m'élever au-dessus de telles mesquineries et parce que je considérais qu'il fallait penser au judo d'abord. Mais parfois il m'en coûtait vraiment. En revanche, cet apprentissage m'a servi de leçon, si bien que le jour où je suis passé de l'autre côté j'avais compris qu'il fallait redonner ce qu'on avait reçu. Ainsi, pour récompenser le partenaire avec qui j'avais le plus travaillé en vue des Jeux d'Atlanta, je l'ai emmené afin qu'il vive ces Jeux avec moi. De même, lorsque je bénéficiais de dotations d'équipements, je m'efforçais d'en faire profiter au maximum mes équipiers. N'oubliez pas : rien ne démotive autant que l'ingratitude.

Et vous, les obscurs, les sans-grade...

Ne sombrez pas dans le complexe de Cendrillon. Tout le monde n'est pas fait pour être au sommet de la pyramide. Mais les bâtisseurs de pyramides, ce sont tous ceux qui les ont construites pierre par pierre. La dignité humaine est la même à tous les échelons, et le travail bien fait, c'est pareil.

Ce qui est plein est plein.
Un dé à coudre comme une baignoire.

Réparer une prise de courant pour un homme d'entretien est tout aussi utile – si le fonctionnement d'un ordinateur en dépend – que la vélocité de la dactylo qui s'en servira. Et quand sa secrétaire est absente, le patron se sent parfois plus déstabilisé que si son premier adjoint a la grippe. Tout travail accompli est une œuvre en soi.

Maintenant, à quelque échelon que vous soyez, si quelque chose ne va pas, il faut le dire. Au bon moment, à bon escient, mais il faut le dire. Nous sommes des êtres humains, pas des ruminants.

Communiquer au sein de l'équipe

Primordiale, la communication ! Il faut tout d'abord que le leader écoute son équipe, prête l'oreille à ses soucis et à ses réflexions.

Ne pas jouer « perso »,
même si vous êtes le décideur.

Considérez toujours les suggestions des autres comme recevables, vous récolterez ainsi des informations et des idées intéressantes. Maintenir le dialogue avec ses collaborateurs permet en outre de deviner en permanence ce qu'ils pensent de vous et comment ils vous perçoivent, vous et vos actions. Et, ce qui ne gâte rien, vous décèlerez de surcroît d'éventuels problèmes plus rapidement et donc pourrez les régler plus en amont. Un leader qui n'écoute pas son entourage passe bien souvent à côté de choses importantes et son équipe fonctionne sur trois pattes. Mais il ne s'agit pas, nous l'avons vu, d'instaurer la démocratie directe au sein de l'entreprise, ni de soumettre vos décisions à un vote à mains levées. Prôner la liberté de parole n'implique en aucun cas d'oublier la hiérarchie ni de copiner. Patron ou chef vous êtes, patron ou chef vous restez.

Entre collègues, pas de paranoïa !

La raison pour laquelle tant de gens ont du mal à vivre en équipe est qu'ils jugent les autres en fonction d'eux-mêmes, sans chercher à comprendre leur comportement. Vous arrivez le matin au bureau et un collègue passe devant vous sans vous dire bonjour. Le lendemain rebelote, le surlendemain pareil. Ce type commence vraiment à vous énerver. Pour qui se prend-il ? À moins qu'il n'ait quelque chose à vous reprocher ? À ce stade, deux solutions : soit vous ruminez votre agacement et prenez le mal élevé en grippe, soit vous décidez d'aller lui parler pour lui faire remarquer son attitude peu chaleureuse. Neuf fois sur dix votre interlocuteur tombera des nues et vous découvrirez que, en réalité, il n'est tout simplement pas au mieux de sa forme le matin et qu'il a besoin d'un peu de temps ou d'un bon café pour démarrer sa journée. Et s'il s'avère qu'il a quelque chose à vous reprocher ou que votre tête ne lui revient pas, au moins en aurez-vous le cœur net.

Faire la gueule ne sert à rien. Expliquez-vous...

Rien n'empoisonne les relations et l'ambiance comme les non-dits. Si un responsable mécontent de l'un de ses assistants lui bat froid, quel résultat obtiendra-t-il ? L'autre n'est pas médium. Il est peut-être à cent lieues d'imaginer que son désordre est devenu insupportable à son chef. Il est peut-être en train de se croire condamné au licenciement arbitraire. Ce n'est sûrement pas de cette façon qu'on obtiendra de lui une meilleure organisation. Il est quand même plus simple de lui expliquer que lorsqu'on doit passer une heure à trouver l'un de ses dossiers, le rendement général s'en ressent !

Et si, à l'inverse, c'est un de vos subalternes qui se renferme dans sa coquille, demandez-lui ce qui ne va pas. Il a peut-être des problèmes personnels. Mais il a peut-être des griefs contre vous. Valables ! Et là... espérons qu'il saura s'y prendre.

**_Si vous voulez faire des reproches à votre patron,
commencez par lui dire que c'est votre faute !_**

Rouspéter contre son patron est la chose la plus saine du monde. Il a le pouvoir, on ne l'a pas. Il impose ses idées, on a les siennes. La personnalité, parfois, rue dans les brancards. Les Japonais préconisent même de s'acheter un punching-ball et d'y coller la photo du boss avant de taper dessus. Ça défoule, ça ne fait de mal à personne, et ça n'empêche pas les sentiments : on l'aime bien quand même, son petit chef...

... Sauf si l'on ne peut plus supporter son attitude, ses injustices, ou certaines de ses décisions. Là, le punching-ball ne suffira pas : il faut aller lui en parler.

Sollicitez un rendez-vous, mais sans prendre vos airs catastrophés : ça le mettrait aussitôt sur la défensive et il vous recevrait toutes griffes dehors. Dites-lui qu'il s'agit d'un problème personnel et, une fois dans la place, évitez de le culpabiliser.

**Les patrons sont fragiles comme des porcelaines,
ne l'oubliez pas !**

D'ailleurs c'est vrai, ce n'est pas lui le coupable, c'est vous qui vous montrez trop sensible ! Ses façons – bien légitimes – de vous demander dix fois par heure si vous avez fini tel rapport alors que vous être en train de le rédiger vous retirent tous vos moyens : c'est une erreur de votre part, certes, mais cela diminue – aussi – votre rendement (à ce mot, vous verrez que son œil s'allume d'une soudaine et boule-versante compassion). Quant au refus d'augmentation que vous avez subi, vous comprenez bien qu'il est dû aux difficultés de trésorerie provisoires, mais il se trouve que vous, désormais, ne pouvez plus vivre avec votre salaire actuel, assez inférieur à la norme (sous-entendu, vous vous êtes renseigné ailleurs, vous avez peut-être même des propositions mais ça ne le for-mulez jamais, sauf si vous êtes vraiment décidé à partir – on pourrait vous prendre au mot) : il faut simplement semer dans la tête de votre interlocuteur l'idée selon laquelle vous remplacer lui coûterait plus cher qu'un geste financier à votre égard.

Maintenant, si ça se trouve, votre interlocuteur en a vraiment assez de vous. Alors il faut l'inciter à vous le dire : par honnêteté et respect humain. J'ai vécu une situation de ce genre avant les Jeux de Sydney.

J'avais constaté que l'un des entraîneurs me laissait quasiment me préparer tout seul et consacrait toute son attention à mon remplaçant. Le message était clair : il ne croyait plus en moi. Lorsque je l'ai pris entre quatre yeux pour lui rappeler que, jusqu'à nouvel ordre, c'était tout de même moi le sélectionné pour l'équipe de France, il a d'ailleurs reconnu qu'il n'avait plus confiance en ma capacité de remporter une médaille. J'ai répondu qu'on en rediscuterait après le prochain tournoi. Là, mes performances s'étant révélées satisfaisantes, il a fait amende honorable. Ces petites mises au point permettent d'avancer, à condition qu'elles ouvrent la voie à la discussion. Votre patron ne « croit plus » en vous ? À vous d'écouter ses raisons et de lui prouver, par vos actes, qu'il a tort.

Faites taire les rumeurs

Chacun sait combien les fables plus ou moins malveillantes peuvent nuire, d'autant que ceux qui les écoutent partent volontiers du principe qu'« il n'y a pas de fumée sans feu ».

Surtout si vous n'avez rien fait pour l'éteindre !

À une époque, quelques responsables de la fédération de judo racontaient à qui voulait les entendre que j'étais « cuit » et que je ne voulais participer aux jeux Olympiques que par pur caprice ou par appât du gain. Très agréable... J'ai résolu de prendre le taureau par les cornes par voie de presse. Après avoir expliqué que je m'entraînais comme un forcené, que je le faisais par amour du judo et que ceux qui pensaient le contraire étaient des médisants, j'ai donné rendez-vous à mes détracteurs à Sydney. Et comme j'avais précisé que je savais d'où les attaques provenaient — ce qui n'était qu'à moitié vrai — mes accusateurs sont venus s'excuser. Je n'aurais sûrement pas obtenu un tel résultat en rongeant mon frein et en répétant « les salauds » du soir au matin. Donc, en cas de rumeur infondée, mettons les choses au point. Et, d'un autre côté, ne colportons pas les cancans.

L'esprit d'équipe s'accommode mal du dénigrement systématique.

Il faut combattre ces dérives fondées sur le mensonge et sur les mesquineries de la rivalité. Rappelez-vous qu'une équipe doit se concentrer sur l'intérêt général et sur l'objectif de tous. Quand un de ses membres progresse, cela ne doit pas provoquer de jalousie ; au contraire, cela doit stimuler les autres et rejaillir sur eux.

Et si vous êtes trop malheureux, partez !

On passe une grande partie de sa vie au travail. Il vaut mieux s'y sentir bien. Si malgré vos efforts d'adaptation vous n'arrivez pas à vivre correctement au sein d'une équipe, une seule solution : assurez vos arrières et partez avant de faire un clash passionnel sans avoir trouvé de boulot de remplacement.

D'accord, parfois quitter une boîte qu'on a aimée mais qui n'a pas évolué selon vos goûts équivaut à une peine de cœur. Eh bien si vous le vivez ainsi, vous avez tort. Ne mélangez pas trop le travail et les sentiments.

L'affectivité au sein d'une équipe : à tempérer.

Il est évident qu'on ne peut pas passer sept heures par jour avec ses coéquipiers, surmonter les crises ou gagner ensemble sans qu'une certaine affectivité s'installe de part et d'autre. Mais réfléchissez avant de croire que l'entreprise est une « grande famille ». Lorsque vous quitterez « la maison », même après vingt ans de bons et loyaux services, certes vos collègues organiseront un grand pot pour votre départ, se cotiseront pour vous offrir un cadeau et vous diront — en toute bonne foi — que le bureau ne sera plus pareil sans vous. Mais sachez qu'il ne leur faudra pas plus de quinze jours pour vous oublier !

Sans doute arrive-t-il qu'au sein d'une équipe se nouent des liens amicaux profonds et durables et qu'on dénombre même des mariages. Mais, dans l'ensemble, les sentiments de l'entreprise sont plus empreints de cordialité que d'amitié ou d'amour. Et ça suffit ! La cordialité est faite de sympathie, de bienveillance et de chaleur humaine : un climat bénéfique et subtilement équilibré pour un groupe de personnes unies dans une tâche commune.

Ce n'est déjà pas si mal. Je dirais même que c'est très bien.

- Clé n° 13 -

L'EGO

On peut être intelligent toute sa vie
et stupide un instant !

L'ego, c'est le « moi », non pas au sens psychana-
lytique du terme mais au sens de la personnalité de
chacun, de son existence même, en dehors des autres
et néanmoins parmi eux. Or le moi n'est « haïssable »,
comme le pensait Pascal, que s'il se révèle surdimensionné... ou au contraire sous-développé. Et ces deux
dimensions anormales représentent à coup sûr une
entrave à la réussite.

L'ego fait partie intégrante de la nature humaine ;
chacun de nous en possède un. Une équipe n'est
jamais que la juxtaposition de plusieurs êtres, donc
de plusieurs ego, plus ou moins envahissants. Tout le
talent du leader consiste à gérer ces personnalités
diverses et à faire en sorte qu'elles ne se gênent pas
les unes les autres, tout en s'épanouissant.

Car il est bien clair que tout commence par soi-
même. Si l'on n'a pas conscience de ce que l'on est,
de ce que l'on veut, on ne peut pas gérer sa vie. À
l'inverse, si l'on s'idolâtre, si l'on se révèle trop

« content de soi », on ne peut pas progresser. Il faut donc trouver un certain équilibre.

Évaluer son ego

En quoi consiste exactement la « juste mesure », en matière d'ego ? Évidemment, si vous êtes tellement imbu de votre personne que vous en devenez odieux et que votre entourage vous fuit, aucun doute possible : vous pêchez par excès. Écouter les suggestions ou les conseils de vos proches ? Quelle drôle d'idée ! Et quelle perte de temps puisque *vous* détenez la vérité. Nous avons tous côtoyé avec un mélange d'amusement et d'irritation des messieurs et mesdames Je-sais-tout de cet acabit, patrons sourds aux avis de leurs collaborateurs, jeunes recrues fraîches émoulues de leur grande école qui dédaignent les mises en garde de leurs aînés, sportifs qui envoient paître leur entraîneur. Pourquoi dans ce cas gaspiller de précieuses minutes à réfléchir ou à discuter ? Ces prétentieux devraient se rappeler cette phrase célèbre : « Si un homme a une grande idée de lui-même, on peut être sûr que c'est la seule grande idée qu'il ait jamais eu de sa vie. »

Et l'on sait bien que, tôt ou tard, ces fats paieront le prix de leur vanité.

**Trop d'ego sonne creux,
pas assez ne sonne pas du tout.**

En effet, le sous-ego ne vaut pas mieux qu'un ego excessif. Les personnes affligées d'un ego au-dessous

172

de la moyenne, dociles et résignées, se laissent piétiner sans protester. Pire : elles sont quelque part persuadées qu'elles méritent le sort qu'on leur fait. Est-il besoin de préciser que ce type d'attitude ne conduit pas au succès ? Comment voulez-vous que l'on prenne conscience de votre valeur si vous-même n'en êtes pas convaincu ? Un sportif qui ne croit pas en lui ne réussira jamais en compétition.

On peut avoir l'esprit d'équipe et avoir aussi de l'ambition.

N'oubliez pas que le succès du groupe est le cumul des victoires de chacun. Ne pas placer son propre avancement avant la réussite générale, ne pas jouer « perso », ni dans le domaine sportif ni dans la sphère professionnelle, n'implique pas de se désintéresser de soi. Il y a une différence entre scier la branche sous ses concurrents afin de ralentir leur ascension et laisser des collègues plus intrigants que vous s'arroger le bénéfice de votre travail ! Avoir l'esprit d'équipe n'implique pas de faire systématiquement passer les autres avant vous. Si vous ne levez pas le petit doigt pour qu'on reconnaisse vos mérites, on aura tendance à les sous-estimer.

Cet état d'esprit doit s'inculquer dès l'enfance : sans pousser vos petits dans la voie de la vantardise, sachez mettre l'accent sur leurs succès personnels. L'équipe de votre fils a remporté le match de foot inter-écoles ? Bravo pour les « rouges », mais pensez aussi à souligner le rôle décisif de votre enfant dans cette victoire. Plus tard, quand il présentera un projet de groupe, il se sentira moins tenu de minimiser son rôle dans l'affaire. Il ne s'agit pas de sombrer dans le « moi, je », mais simplement de faire respecter son travail, son effort et ses atouts.

Votre réaction face à l'échec révèle la dimension de votre ego.

Quand j'ai commencé la compétition, je ne comprenais pas pourquoi je devais battre mon camarade de club, et lorsque je mordais le tapis peu m'importait puisque, après tout, on était copains et on faisait partie du même groupe. La puberté venue, j'ai découvert l'envie d'affirmer ma personnalité et de gagner. Soudain, perdre ne me paraissait plus du tout anodin. Ou c'était une défaite, ou c'était une leçon, mais je ne m'en moquais plus. Là, mon ego s'est développé à vitesse grand V. Mais comme je partais de zéro, voire d'en deçà de zéro, je n'ai pas pour autant attrapé la grosse tête. Il s'agissait plutôt d'un redosage, d'un rééquilibrage.

Et vous, comment réagissez-vous face à une situation d'échec (dans quelque domaine que ce soit) ? Cela vous est indifférent ? Mauvais. Cela vous tracasse ? Bravo ! C'est le signe que vous mesurez justement le chemin qui vous reste à faire pour devenir un champion dans votre catégorie.

Ne pas broncher quand on se plante révèle soit un ego démesuré, soit un manque caractérisé d'ego et d'ambition.

Les uns sont tellement sûrs de leur talent qu'ils refusent de prendre la leçon de leurs erreurs, les autres acceptent la vie telle qu'elle vient, mais dans ce cas ils ne sauraient espérer les lauriers de la gloire. J'ai côtoyé des sportifs qui réagissaient ainsi : s'ils gagnaient tant mieux, et s'ils perdaient tant pis. Ce n'est pas naturel ! D'ailleurs ils ont fait long feu sur les circuits de compétition. J'en ai vu en revanche à qui leurs premiers succès ont fait perdre la tête. Si vous tendez vers l'un ou l'autre de ces extrêmes, il est temps de redresser la barre. On ne réussit rien sans ego, mais on ne réussit pas non plus si l'on se laisse dévorer par lui.

Avoir peu d'ego ne rend pas forcément malheureux, mais...

Il n'existe guère de recettes pour faire gonfler l'ego : sa « taille » fait partie intégrante de la personnalité, même si, au fil du temps, des variations à la hausse ou à la baisse sont possibles. On ne peut pas forcer une personne à se remuer et à réagir face à une situation si elle n'en a rien à faire. Je me rappelle un judoka avec qui j'ai partagé un temps une chambre d'études, et dont l'indifférence au monde extérieur me fascinait. Par moments, il n'avait pas plus de sensibilité qu'une plante verte ! Il dormait, il se levait, il mangeait, il s'entraînait, il participait à ses compétitions, il gagnait ou perdait : il s'en fichait complètement. Bizarre pour un athlète compétiteur, non ? D'autant plus qu'il n'était pas mauvais. Mais il réagissait en amateur. Pour ses études, c'était la même chose : s'il avait envie de travailler il le faisait, et s'il n'avait pas envie il ne le faisait pas. J'ignore ce qu'il pensait de ma volonté de vaincre et de mes efforts, je n'ai jamais osé le questionner à ce propos. En revanche, de mon côté, je guettais ses réactions comme un scientifique observe une souris de laboratoire. Lorsqu'il a pris conscience de la nécessité de gagner sa vie, ce garçon a passé son diplôme d'État de prof de judo. Aujourd'hui il donne des cours, il n'a toujours pas d'ambition et il est heureux, peut-être plus que nous, les stakhanovistes de la compétition. Tout cela pour dire que si un ego faible ne rend pas forcément malheureux, force est de constater, en revanche, qu'il compromet la compétitivité !

Cela dit, si vous stagnez dans votre carrière par manque de confiance en vous, et que vous en souffrez, vous pouvez essayer de mieux prendre conscience de votre valeur et, surtout, de vous porter plus d'intérêt. Cela suppose d'effectuer un vrai travail sur soi et sur les racines de ce caractère effacé.

Les clés de l'ego se nichent dans l'affectif... et dans l'enfance

C'est sans doute pour cela qu'on observe souvent de grandes réussites chez des gens qui avaient une revanche à prendre : revanche sociale ou revanche par rapport à ses parents, à son physique, à une injustice mal vécue.

Dans mon cas, cela a clairement joué. Je voulais exorciser une enfance pas toujours idéale et démontrer ma valeur à des personnes qui ne croyaient pas forcément en moi, au départ. Né d'une « fille mère », comme on disait encore à l'époque, vilain petit canard de l'école et de la famille, j'ai voulu prouver à tous ceux qui me méprisaient que j'étais capable de réaliser quelque chose. Peut-être alors commencerait-on enfin à me prendre en considération.

Et cela s'est fait bien plus facilement que je ne l'escomptais. Je n'ai pas eu à me dépenser pour attirer leur attention sur ma carrière : ils s'y sont intéressés d'eux-mêmes. C'était encore mille fois plus royal ! Seule exception : mon père. Je savais que son amour-propre l'empêcherait – quelque envie qu'il puisse en avoir et quelque degré de succès que j'atteigne – de faire le premier pas. Il est assez difficile, quand on n'a pas vu son enfant grandir, de revenir le voir sous prétexte qu'il a du succès. J'ai donc résolu de faire, moi, la démarche d'aller vers lui. S'il me rembarrait je comprendrais qu'il n'avait pas envie de me revoir, et alors je l'oublierais. Et s'il ne me repoussait pas, nous pourrions nous expliquer, et je saurais enfin à quoi m'en tenir. Il ne m'a pas repoussé...

En ce qui concerne les autres, j'allais observer un phénomène étrange : dès qu'on accède à la célébrité, on voit des fantômes surgir de son enfance et de son adolescence. Par exemple certaines personnes de mon village qui, lorsque j'étais petit, ne répondaient jamais à mes saluts et jetaient des regards méprisants à « l'enfant de la honte » que j'étais, se sont mis à me faire des courbettes : quelle revanche... J'avoue que c'est en partie pour laver mon honneur passé que j'ai accepté, lorsque le conseil municipal et l'institutrice me l'ont gentiment proposé, de donner mon nom à l'école communale où j'ai usé mes fonds de culottes.

Si ça ne conforte pas l'ego, ça, de voir son nom orner le fronton d'une école !

Revanche toujours, celle que j'ai prise après les jeux Olympiques sur tous les types qui m'avaient enterré, qui affirmaient que le « pauvre David » était fini. Seulement, rira bien qui rira le dernier. Le « pauvre David » n'était pas si fini que cela !

Cela dit, je veille à ne pas sombrer dans l'arrogance. La grosse tête, c'est ce qu'il y a de plus dangereux dans un plan de carrière, ou simplement de vie.

Succès : attention au melon !

Quand on a bâti ou renforcé son ego et apaisé ses vieux démons, on n'est pas pour autant tiré d'affaire. Une fois levé le blocage qui nous empêchait de réussir, nous pouvons certes accéder au succès, mais attention ! Celui-ci peut faire gonfler – pour ne pas dire enfler – l'ego. À présent qu'on détient la preuve de sa capacité de réussir et de devenir le meilleur, il est bien tentant de se croire arrivé.

La meilleure recette contre la grosse tête :
se rappeler que rien n'est jamais acquis.

J'ai toujours gardé cette maxime en esprit. Même lorsque je venais de remporter une compétition, je me répétais que la veille je n'étais pas encore champion et que si je devais remettre mon titre en jeu le lendemain, je ne le conserverais pas forcément. Bref, que je n'avais pas atteint le succès définitif, ni la « supériorité » totale. Bien se persuader de cette relativité et se remettre ainsi sans cesse en question permet de rester humble et aussi de conserver sa personnalité « d'avant », de ne pas changer et de ne pas se définir exclusivement par rapport à sa performance. On n'est pas champion à vie parce qu'on a gagné *un* championnat.

Savoir, surtout en cas de succès, qu'on n'est jamais « arrivé » !

Je ne dis pas qu'il faille refuser toute autosatisfaction quand on accède à une situation longtemps enviée. Mais on ne doit pas baisser la garde. Vous avez obtenu deux étoiles au *Michelin*, votre inventivité s'endort, vous ne récoltez plus qu'une étoile l'année suivante, les clients colportent que chez vous ce n'est plus comme avant et l'affaire périclite... Vous avez accédé à un poste convoité, vous vous dites « ouf, ça y est » et quelque temps plus tard on vous reproche – à juste titre – de ne plus vous montrer aussi motivé qu'avant. En ce sens, rien n'est plus dangereux qu'un succès. Pour échapper à ce danger, dites-vous toujours que tout succès n'est jamais qu'une étape. Seriez-vous à la retraite après une réussite honorable qu'il faudrait vous trouver d'autres centres d'intérêt, d'autres buts à atteindre, pour éviter de devenir un de ces vieux croûtons qui font fuir tout le monde en ressassant leur gloire passée.

Les régulateurs d'ego

Nous en avons tous dans notre entourage : à nous de savoir les découvrir, et les choyer ! Il s'agit en général de personnes que nous connaissons de longue date et qui nous appréciaient avant notre dernière promotion professionnelle ou notre accession à la célébrité. Un bon indicateur, d'ailleurs, pour savoir si vous risquez ou non la grosse tête : fréquentez-vous encore des vieux potes, des amis de toujours ? Si la réponse est oui, ne vous inquiétez plus : quand bien même vous auriez la cervelle enflée, ils se chargeraient de vous remettre les pieds sur terre.

Ne cédez pas à la tentation de jouer les divas entourées de flatteurs, mauvais génies qui s'évertuent à inciter une personne a priori lucide à se prendre pour Napoléon ou Einstein ! J'ai vu des athlètes courtisés se reposer quatre ans durant sur leurs lauriers de champion du monde ou de champion olympique et se retrouver sur la touche. Et j'ai moi-même croisé des gens qui ont tenté de flatter mon ego dans le mauvais sens du terme. La rançon de la célébrité. À une époque, je pense que sur dix personnes que je côtoyais, neuf cherchaient à me caresser dans le sens du poil... Vous savez, ces flagorneurs qui, dès que vous ouvrez la bouche, approuvent tout ce que vous dites et s'esclaffent à vos plaisanteries les plus vaseuses. Il est parfois bien tentant de se laisser aduler de la sorte. Après tout, par définition, l'ego (le vôtre comme le mien) ne demande qu'à être flatté. Mais rappelez-vous ce qu'écrivait La Fontaine : « Tout flatteur vit aux dépens de celui qui le flatte... » Autrement dit, tous ces courtisans attendent sûrement quelque chose de vous. À vous de ne pas tomber dans le panneau, et si vous vous laissez aveugler, d'entendre les mises en garde de vos proches, bien plus lucides que vous dans ces cas-là. Pour ma part, en pareille circonstance, ma femme Valérie, mon ami Cédric Dermée et d'autres membres de mon entourage s'empressent de me remettre d'équerre en me demandant si je me rends compte de mon attitude et en me recommandant d'y réfléchir.

Par exemple, un jour, on m'avait invité avec les enfants à une manifestation, et un hélicoptère devait passer nous prendre. Quand j'ai constaté qu'il n'y avait pas de place pour tout le monde dans l'appareil, je me suis énervé et j'ai déclaré que nos hôtes auraient tout de même pu prévoir un deuxième appareil. Là, Cédric ne m'a pas loupé : « Non, mais tu t'entends, David ? Calme-toi un peu ! » Moi, je n'avais absolument pas conscience de l'énormité de ma réaction. Je râlais parce que l'expédition était mal organisée, sans me rendre compte que mettre un hélico à ma disposition était déjà bien sympathique. On s'habitue vite à être dorloté et couvert de cadeaux.

Plus récemment, j'ai décrété que ma petite « tribu » (Valérie, les enfants et moi) devait déménager car nous commencions à être à l'étroit dans notre maison de 250 m^2. J'estimais que 400 m^2 ou plus nous conviendraient mieux. Seulement, c'était un peu trop cher pour notre bourse. Alors je pestais, répétant que nous ne pouvions pas continuer à vivre entassés de la sorte. Jusqu'au moment où Cédric, une fois encore, a réagi. Très calmement, il m'a déclaré :

— Tu sais qu'on a le même âge ?

— Oui. Et alors ?

— Tu veux que je te donne la taille de mon appartement ?

Là, j'ai pris conscience de l'indécence de mes jérémiades.

Ne croyez pas que tout vous est dû
sous prétexte que vous avez « réussi ».

Vous restez un être humain comme les autres, pas plus. On n'a pas à jeter dehors les clients qui ont réservé lorsque vous arrivez inopinément dans un restaurant ou dans un hôtel. On n'a pas à supporter vos retards parce que vous avez la puissance du vedettariat ou de l'argent.

Et attention ! Ces mises au point ne relèvent pas seulement de l'éthique et du respect d'autrui : elles visent à ne pas gâcher vos chances dans votre parcours ultérieur. Le type qui ne regarde plus que son nombril a perdu tout flair, tout sens de l'observation. Il fait fi de tout ce qui l'entoure. Comment pourrait-il se maintenir au top ? On existe toujours par rapport à l'environnement.

Conservez des amis hors de votre milieu :
ils ont le recul nécessaire pour vous juger
équitablement.

« Bonjour, professeur », « oui, monsieur le président », « bien, monsieur le ministre », « vous avez raison, patron », « je suis d'accord avec toi, mon chéri » : tout ce concert de soumission risque d'endormir votre autocritique. Mais si vous donnez une adresse à un chauffeur de taxi sans l'avoir salué du moindre « bonjour » et qu'il vous répond « je ne suis pas un robot et je ne prends pas en charge les goujats », le réveil risque d'être dur. Et salutaire !

C'est pourquoi il n'est pas inutile de conserver quelques relations en dehors de son microcosme professionnel : elles n'ont pas à vous faire allégeance et vous remettront donc « à votre place » sans pitié si vous vous prenez pour un empereur.

Aucune ascension ne justifie qu'on se coupe du reste du monde.

Au fil de l'avancement, faites donc un peu votre examen de conscience. Est-ce que j'écoute encore les autres ? Quand on m'explique quelque chose, est-ce que je tends l'oreille ? Quand on me contredit, est-ce que je campe sur mes positions, convaincu de la supériorité de mes idées ? Est-ce que je n'ai pas un peu tendance à pontifier, ou à raconter mes prouesses ? Demandez-vous aussi si vous connaissez réellement les collègues que vous côtoyez chaque jour, ou vos amis. Savez-vous ce qu'ils aiment, à quoi ils consacrent leurs loisirs ? Savez-vous qui ils sont réellement ? Où ils partent en vacances ? S'ils sont mariés, s'ils ont des enfants... Êtes-vous encore dans la vie, la vraie, celle où il y a des gens ?

Ne devenez pas l'esclave du « paraître »

C'est primordial ! Car on ne sait jamais... L'existence est pavée d'embûches et les meilleurs acteurs, sportifs, écrivains, entrepreneurs ou simples salariés peuvent connaître de longues traversées du désert.

Posez-vous régulièrement la question : si cela vous arrivait, comment réagiriez-vous ? Vous vous sentiriez mort de honte − et surtout démotivé − à l'idée de devoir troquer votre Jaguar contre une berline ordinaire ? Vous seriez vexé comme un pou de ne plus être invité aux cocktails de Untel ou Untel ? Ou, plus grave, vous penseriez que tout est foutu si l'on vous privait des hochets de votre gloire éphémère ? À ce stade, vous devez à tout prix rectifier votre échelle de valeurs. C'est vous, et vous seul, qui valez quelque chose ! Ce sont vos compétences, et votre motivation, qui vous sortiront de l'ornière, pas votre voiture.

- Clé n° 14 -

LE RESPECT DE SOI

Même si ta poche est vide,
veille à ce que ton chapeau reste droit.

Vous voilà donc parti dans la vie avec un ego raisonnable, une confiance en vous-même qui n'exclut pas le sens de la mesure, et des qualités prometteuses. Veillez à garder cet équilibre en toute circonstance, à ne pas vous laisser aller, et à ne pas vous laisser humilier.

Le respect de soi implique trois postulats de départ : faire en sorte d'être respectable, respecter les autres si vous souhaitez qu'ils vous rendent la pareille, et ne jamais tolérer qu'on vous manque de respect.

Le respect de soi commence par une bonne hygiène de vie

Une personne qui pèse une tonne, boit comme un trou et accumule les nuits blanches par amour de la fête met son équilibre corporel en péril. Si elle persiste dans cette voie, elle va au-devant de sérieux ennuis de santé. Quel manque plus criant de respect envers soi-même que de compromettre ainsi ses chances ? Combien de types saccagent leur réussite en se suicidant à petit feu ? Car il y a là, sans nul doute, une démarche suicidaire.

Tout préjudice porté volontairement
à sa santé est un péché physique.

J'ai lu ça dans un bouquin américain dont j'ai totalement oublié le nom, que l'auteur me pardonne. Mais comme il a raison !

Négliger son aspect physique semble moins grave mais peut se révéler, aussi, terriblement préjudiciable. Cela relève d'ailleurs d'un méga-ego : je ne me rase plus qu'une fois par semaine, je m'habille débraillé parce que ça me plaît, bref je suis le roi et je vous emm... Eh bien croyez-moi, « les autres » – femmes, employeurs, collègues, clients – entendront très bien la dernière partie de la phrase, même si elle n'est pas formulée ! Et vous serez surpris de vous retrouver célibataire, rétrogradé, ou sans acheteurs.

Soignez votre apparence

L'apparence est quand même, qu'on le veuille ou non, la première vision que les autres ont de vous. Si elle est repoussante, ou juste dérangeante, en inadéquation avec le milieu où vous voulez évoluer, elle peut vous faire rejeter d'emblée. Tout le monde n'aura pas la patience d'attendre de découvrir que vous

« gagnez à être connu ». Comme le dit un adage américain : « On ne retrouve jamais de seconde occasion de faire une première impression. » Ce contact visuel initial revêt donc une importance capitale. J'ai eu l'occasion d'en parler à un jeune garçon qui se voyait refuser tous les postes, malgré des diplômes conséquents et un vrai professionnalisme. Il ne comprenait pas que ses éventuels employeurs s'en tiennent aux signes extérieurs et se trouvent gênés par son côté « artiste », que pour ma part je trouvais non seulement dépenaillé mais assez crasseux. Enfin zut ! Un notaire a le droit de souhaiter que son clerc ne ressemble pas un voleur de grand chemin !

Le laisser-aller, le manque d'hygiène et les excès prouvent en tout cas que vous n'êtes pas bien dans votre tête, et donc guère apte à réussir à long terme. Réagissez !

L'irrespect de soi, ça se soigne !

À qui se respecte mal, en a pris conscience et en souffre, je recommanderai carrément de consulter un psy, afin de comprendre pourquoi il se dévalorise ainsi. Une telle attitude reflète en effet un problème profond. Car s'il est normal de traverser à l'adolescence une phase « cracra » pendant laquelle on refuse de se laver, on se nourrit en dépit du bon sens et l'on s'habille pour choquer, il ne s'agit d'ordinaire que d'une étape dans la formation de la personnalité. On se rebelle contre l'autorité avec les seuls moyens à sa portée ! S'exprimer ainsi à l'âge adulte révèle en revanche un malaise. Et plus vite on en déterminera la cause, plus vite on pourra s'attacher à le traiter, avant qu'il ne devienne incontrôlable. J'ai un ami, que j'adore, qui s'est reconverti dans le monde des affaires : il s'ennuyait tellement dans son nouveau job qu'il en est devenu obèse. À un moment, il pesait sûrement plus de deux cents kilos, avec tout le cortège de risques médicaux que cela impliquait. À l'époque tout le monde lui disait : « Fais un régime ! » Mais cela ne suffisait pas. Tant qu'il n'avait pas réglé l'aspect psychologique de son obésité, il ne pouvait pas réussir à perdre du poids. Aujourd'hui il va mieux dans sa tête, donc dans son corps... Et il redécouvre la vie.

Si vous voulez qu'on vous respecte, respectez les autres !

Tous les autres, pas seulement vos amis ! Quand on fait l'effort d'accorder une considération égale à tous, et surtout à ceux dont rien ne nous rapproche a priori, on découvre au *finish* des êtres terriblement enrichissants. Ce matin, vous rencontrez un Sénégalais qui vide les poubelles devant votre porte. Vous n'avez à l'évidence pas grand-chose à lui dire mais, comme vous attendez un taxi, vous entamez la conversation. Si vous lui parlez des ennuis de santé de votre femme, il vous répondra qu'en Europe, on a de la chance car il y a des hôpitaux. Et si vous évoquez un fils malade, il rétorquera qu'en Afrique on doit avoir beaucoup d'enfants, car on sait que seuls quelques-uns d'entre eux atteindront l'âge adulte. Voilà de quoi vous laisser songeur et vous faire apprécier votre propre situation, dont vous déploriez hier soir les innombrables inconvénients.

Ayez une éthique personnelle.

Au-delà de toute religion, de l'éducation reçue ou des mœurs en vigueur dans le milieu auquel vous appartenez, fixez-vous des règles à ne pas transgresser : ne faites pas à autrui ce que vous ne voudriez pas qu'on vous fît. Un escroc, un voleur ou un tricheur ne respectent pas les autres et donc ne sont pas respectables. Arrangez-vous pour rester « fiable » aux yeux de tous. Pas de dérogation ! Un vieil ami me disait : « On met toute une vie à se fabriquer une réputation, et quelques minutes pour la perdre. »

Ce souci doit se perpétuer jusque dans les plus petits gestes. Laisser une baignoire dégoûtante aux bons soins de sa femme de ménage est une forme d'irrespect. Arriver en retard revient à saboter l'emploi du temps de la personne avec qui vous avez rendez-vous. Ne pas prendre la peine de mettre au courant vos collègues d'une décision qui concerne l'équipe est une faute professionnelle autant qu'humaine. Nous ne vivons pas sur une île déserte, nous avons besoin des autres. Prenons en considération leurs propres besoins, ils nous rendront la pareille.

Respectez vos engagements :
c'est du temps gagné dans vos rapports humains.

« Avec lui (ou elle), pas de problème. » Cela signifie qu'on sait que l'on peut compter sur vous, sur votre parole, sur les délais que vous avez fixés pour une livraison, sur le non-dépassement des devis, etc. Cela veut dire que vous ne vous moquez pas du monde et on le fera savoir alentour. Tout le bénéfice vous en reviendra.

Respectez vos adversaires…
et vos concurrents

Dans une rencontre sportive, même si l'adversaire incarne celui que vous devez battre, il n'est évidemment pas en réalité votre ennemi. Même chose dans le monde des affaires : ce n'est pas parce qu'on mène une stratégie agressive à l'encontre d'un concurrent qu'on doit se permettre des coups bas. Chaque activité se déroule dans un cadre réglementaire. « Tous les coups sont permis » n'est pas une maxime respectable. En revanche, si vous observez votre adversaire sans mépris et sans haine, vous allez pouvoir analyser plus finement ses réactions, mieux prévoir votre propre riposte et donc en tirer profit pour vous-même.

À ce sujet, et si vous commenciez à considérer vos « adversaires » comme des « partenaires » ? Ce n'est pas qu'un problème de vocabulaire, c'est une réelle philosophie à adopter si vous voulez pleinement profiter de leurs qualités et de leurs défauts… pour mieux les battre.

Ton adversaire est ton meilleur professeur.

On éprouve même une certaine admiration, parfois, à constater combien il s'est montré habile pour vous déstabiliser, vous rafler un marché, s'octroyer votre place. Si, au lieu de le haïr, vous tirez les leçons de l'épreuve qu'il vient de vous faire subir, c'est autant de gagné, pour vous, dans l'avenir. Ne vous coupez pas de cette source d'information ! Et gardez néanmoins votre pugnacité. Vous dire qu'un adversaire s'est montré, dans une circonstance précise, plus fort que vous ne doit pas vous renvoyer dans vos cordes pour la vie. Résistez à l'envie de déclarer forfait sous prétexte que, pour une fois, vous n'avez pas été « à la hauteur ».

Exigez qu'on paie équitablement votre travail

On pourrait penser que ça va de soi, mais non ! Beaucoup de personnes n'osent pas demander le juste prix de leur labeur. On leur explique qu'en ce moment les affaires sont difficiles, qu'on leur revaudra cela plus tard, on leur demande un « effort », et ils baissent leurs tarifs. C'est une erreur ! Personne ne vous saura gré de ce genre de sacrifice et, au contraire, vous vous retrouverez « dévalorisé » aux yeux de ceux qui, consciemment ou non, vous ont exploité.

Inculquer aux jeunes
la notion de respect

Paradoxalement, à l'heure où le mot « respect »
s'inscrit dans le vocabulaire de base des banlieues, il
semble bien que jamais les jeunes n'aient aussi peu
compris la signification de ce terme. Les parents, désabusés, soupirent : « Ils ne respectent plus rien. » Mais
qui peut vraiment le leur reprocher ? Quelle image
le monde des adultes leur offre-t-il ? Quels modèles
leur proposons-nous ? La nature dévastée, des financiers véreux, des hommes politiques corrompus...
Comment leur demander d'adopter des valeurs auxquelles plus personne ne semble croire ?

Les sportifs échappent à cet ostracisme car ils incar-
nent un idéal apparemment accessible à leurs yeux, à
l'inverse de succès « intellectuels » hors d'atteinte
pour qui ne marche pas très fort à l'école. Être nul en
français ou en math n'empêche pas de briller en judo
ou en foot. Et tous s'imaginent dans la peau d'un
futur Zidane. Ils ne comprennent pas qu'ils n'ont
aucune chance d'accéder au niveau de leur idole ou
même de s'en approcher tant qu'ils ne s'ouvriront pas
aux autres et qu'ils ne respecteront pas les règles du
jeu.

Et cela ne devrait pas aller en s'arrangeant puisque
tout concourt à démontrer que la promiscuité
engendre l'irrespect dans la mesure où elle rend les
gens plus agressifs. On en a fait l'expérience avec des
rats : si on rajoute cinq rats dans un espace où cinq
rongeurs cohabitaient jusqu'alors en bonne intelligence, les dix pensionnaires ainsi entassés se battent.

Les hommes ne diffèrent pas des rats : plus ils sont nombreux, plus leurs rapports se tendent. La solution ? Elle passe sans doute par un travail d'éducation (ou de rééducation). Réapprendre aux plus forts à respecter les plus faibles, réapprendre à écouter, accorder à chacun l'espace physique et mental nécessaire à son épanouissement, sinon on va tous se foutre sur la gueule...

Gérer le manque de respect

Je ne sais pas si je joue de malchance ou si je deviens susceptible, mais on me manque de respect presque chaque jour. C'est sans doute en partie la rançon de la célébrité et de mon format — je passe difficilement inaperçu ! Je crois aussi qu'à moins de vivre en ermite ou au fin fond du Sahara, on est forcément en butte aux réflexions déplaisantes de ses congénères.

Cet été, par exemple, alors que j'attendais tranquillement de me faire servir dans un bar, un type s'est mis à m'insulter gratuitement : « Hé, Douillet ! T'es un con. » Carrément ! Au début, j'ai cru à une blague douteuse. Pas du tout, il s'est retourné vers son pote en claironnant : « Tu as vu ? Je lui ai dit ce que tu m'avais dit », plutôt fier de son courage. Et il insistait : « Tu as vu, hein ? Tu m'avais dit que c'était un con, eh bien moi je le lui ai dit en face. » Son pote était hyper embarrassé. Comme je ne voulais pas m'engueuler avec lui, ni me battre — sinon, on n'en finirait plus ! —, j'ai feint l'indifférence.

Un autre exemple : un après-midi où j'avais

emmené les enfants faire du kart, un abruti d'une cinquantaine d'années se plante devant moi et m'annonce : « Ah ! Mais c'est Douillet ! Moi aussi, j'ai fait du judo, pendant dix-neuf ans, mais bon, ça ne se voit plus trop. » Jusque-là, rien de très original. Je réponds un truc neutre du genre « C'est la vie » et là, l'affreux Jojo rétorque d'un ton supérieur : « Ouais mais quand tu auras fait ce que j'ai fait, tu verras... » Que répondre à cela ? Je ne sais même pas à quoi il faisait allusion !

D'aucuns voient là de la familiarité, de la maladresse : pour moi, c'est du manque de respect. Si ces deux hommes voulaient communiquer avec moi, ils auraient mieux fait de me dire simplement bonjour. Ç'aurait été une bien meilleure entrée en matière, et je leur aurais répondu avec joie !

Contre l'irrespect, il existe une arme redoutable : la gentillesse.

Elle a pourtant mauvaise presse, et l'on a trop tendance à croire qu'un gentil est un niais. Or, en vieux français, gentil signifie noble ! Et la noblesse suppose toujours le respect d'autrui. Si quelqu'un se comporte avec vous de façon inadmissible, n'utilisez pas ses propres armes contre lui, ce serait déchoir. Coupez les ponts, définitivement. Sans haine mais sans faiblesse. Passer l'éponge sur certaines offenses revient à ne pas se respecter soi-même. Un homme qui se rabiboche avec un associé qui l'a trahi sous prétexte que celui-ci est irremplaçable va tout droit vers de nouveaux déboires.

Mais en dehors de ces extrêmes, croyez-moi, la gentillesse désarme mieux que tout l'agressivité irrespectueuse. Le type en face mesure la force particulière que vous avez en vous. « Souris à ton ennemi et dérobe-lui ses flèches », dit la Bible. Cela n'évoque pas un tour de passe-passe de voyou, bien au contraire. C'est une simple constatation : le sourire vous rend « aimable ».

- Clé n° 15 -

LE ROCHER

Les paroles sincères manquent souvent d'élégance.
Les paroles élégantes sont rarement sincères.

On l'a dit et répété : nul ne saurait faire une œuvre tout seul, même l'artiste « maudit », même le grimpeur solitaire. Les autres sont toujours là, équipe, clients, patients, professeurs et inspirateurs de toute sorte. Mais quand je parle de rocher, j'avance un symbole beaucoup plus fort, beaucoup plus intime, plus humain. Le rocher, c'est à quoi s'appuyer en cas de fatigue ou de péril, de découragement, d'égarement provisoire, d'échec ou même d'ego surdimensionné. Un être capable de vous épauler en toute circonstance, mais aussi de vous remettre les idées en place quand vous débloquez un peu. Un point d'ancrage et de repère dans les tempêtes de l'existence, une base de repli pour les heures difficiles, un rempart solide derrière lequel s'abriter.

Ce rocher secourable qui vous aidera à traverser les crises peut être un membre de votre famille, un ami, un mentor ou toute autre personne de confiance sur qui vous savez pouvoir vous reposer, et qui porte un avis objectif sur vos actions.

Tout le monde a besoin d'un rocher

On parle souvent de la solitude des grands. Mais ils sont rarement seuls ! Les rois ont leurs éminences grises, leurs conseillers secrets. Les patrons ont leurs « bras droits », masculins ou féminins, qui ne recevront pas les trophées de la gloire, mais dont on dit parfois que « la maison ne tiendrait pas sans eux ».

Cela dit, votre rocher ne se trouve pas fatalement dans votre entourage social et professionnel. Ce peut être un ami totalement étranger à votre milieu habituel, qui vous connaît de longue date et n'hésite pas à vous faire remarquer que vous avez mauvaise mine, que vous êtes irascible, que vous fumez trop, que vous avez changé... et pas en bien !

Derrière chaque grande réussite – même celles des plus individualistes – se cachent un ou plusieurs rochers. Ne vous y trompez pas : le loup le plus solitaire n'a pas gagné sans cette aide de choc. Il ne l'admet pas toujours, mais il s'est appuyé sur quelqu'un.

Ne vous croyez pas plus fort que vous ne l'êtes.

Même si vous vous trouvez au sommet de la pyramide et que peu de gens sont restés vos intimes, vous ne pouvez pas vous passer de ce garde-fou qu'est le rocher. Même si vous avez l'habitude de prendre vos décisions seul, de ne pas vous « écouter », de vous secouer chaque matin au rythme du « marche ou crève », tôt ou tard il faudra vous défaire de cette armure qui vous étouffe, sinon vous deviendrez fou, justement.

Et ne dites pas que ces oiseaux rares – car les rochers peuvent être plusieurs – sont indénichables !

Vous n'avez pas de rocher ?
Et si c'était votre faute ?

« Je ne peux compter que sur moi... Je mène ce groupe à la force du poignet, et personne ne se soucie de m'en féliciter ou de savoir si je suis fatigué, épuisé... À la maison, je dois veiller à tout. Le mari, les enfants, j'assume seule. J'en ai marre. »

Je-je-je : quel formidable orgueil ! Il est d'ailleurs probable que tous ceux qui s'expriment ainsi sont plutôt fiers d'être uniques en leur genre à ne devoir rien à quiconque, même s'ils se plaignent, dans le même temps, de l'ingratitude et de l'inattention des autres. Si vous êtes dans ce cas, tendez-vous un miroir : qui oserait – vu cette allure autoritaire et courageuse que vous trimbalez partout – vous donner le moindre conseil, vous approcher affectueusement, et encore moins vous dire vos quatre vérités ? « On ne peut pas lui parler », affirme-t-on autour de vous. Bref, vous faites peur. On vous admire peut-être mais on n'ose pas franchir cette frontière que vous avez tracée – au fer rouge de vos propres « sacrifices » – tout autour de vous.

Ah, c'est glorieux, admirable, théâtral ! Mais c'est aussi comme ça qu'on se retrouve un jour en état de non-assisté en danger, en super-déprime, en chêne qui s'est abattu tout seul.

Admettez enfin votre humanité, votre vulnérabilité, votre envie de vous délester, parfois, du fardeau qui écrase vos épaules. Arrêtez de cacher vos angoisses, vos hésitations, vos doutes. Ne feriez-vous que vous « raconter » à quelqu'un, vous vous sentiriez déjà soulagé.

N'attendez pas de vous écrouler pour découvrir que vous avez besoin des autres. Acceptez d'être écouté, épaulé et conseillé. Il ne s'agit pas de vous en remettre à autrui pour vos décisions, mais de bénéficier de l'avis forcément plus objectif d'une personne qui a un certain recul par rapport à votre activité. Car même si votre rocher n'est pas un spécialiste dans votre domaine, les échanges que vous aurez avec lui vous permettront de rectifier votre stratégie, vos objectifs et toutes les directions qui mènent à la victoire. Bien sûr, si vous réussissez, vous ne pourrez plus prétendre l'avoir fait *tout seul* ; en revanche, vous augmentez vos chances de succès. Quelle solution choisissez-vous ? Croyez-vous vraiment que la performance que constitue une traversée de la Manche à la nage perde de sa force parce que l'athlète s'est fait accompagner d'un bateau d'assistance ? Mettez donc un peu votre orgueil sous cloche.

Sans Laurent Delcolombo, mon entraîneur, j'aurais peut-être arrêté ma carrière après les Jeux d'Atlanta. S'il n'avait pas été là pour me motiver, mon palmarès se serait probablement limité à un ou deux titres de champion du monde, rien de plus. Mais Laurent a su trouver les mots pour réveiller mon ambition, il a su me porter et me supporter au quotidien (nous vivions littéralement ensemble : je passais plus de temps avec lui qu'avec Valérie) ; sans lui, je n'aurais jamais fait un tel parcours.

Que dites-vous ? Que vous ne voyez aucun homme, aucune femme pour tenir ce rôle ? Qu'un rocher devrait être nécessairement plus fort que vous, et que vous n'apercevez personne de ce genre à l'horizon ? Où est donc l'abat-jour que je vous avais conseillé de mettre sur votre prétention ?

Bien souvent, c'est l'orgueil qui empêche d'avoir un rocher.

Car avouez-le, cette situation d'isolement superbe vous arrange ! Vous mourez de trouille à l'idée qu'on vous voie tel que vous êtes, vulnérable, parfois inquiet, avec des blessures cachées, des regrets, des remords, des sentiments incontrôlés, enfin, bref, « comme les autres ».

Mais vous *êtes* comme les autres, et c'est votre plus belle qualité ! Vous êtes un être humain ! Et vous auriez honte de votre humanité ? Ne savez-vous pas que même l'adulte le plus fort garde en lui, à l'âge mûr, quelque chose de l'enfant qu'il fut, et en conséquence a besoin de se sentir bordé, soutenu, engueulé parfois ?

— Je le sais bien ! allez-vous répondre, agacé. Mais ce que je ne sais pas, en revanche, c'est où trouver mon rocher, ni à vrai dire qui il doit être...

Qui peut être, ou non, un rocher ?

Les personnes les plus diverses peuvent tenir ce rôle, à cette nuance près qu'il existe quelques exceptions.

Votre rocher ne peut pas être en concurrence avec vous sur le plan professionnel.

Cela va de soi. Vous avez beau être lié d'amitié avec un collègue qui se trouve au même rang que vous, l'émulation – normale – fait que chacun des deux, en matière d'avancement, jouera pour sa chapelle. Difficile dans ce cas de se mettre en danger en avouant à son éventuel rival ses faiblesses, ses doutes ou tout simplement ses projets !

Un rocher doit pouvoir tout entendre et tout supporter : il faut donc qu'il en soit capable.

Ainsi, ce n'est pas parce qu'un être compte énormément pour vous qu'il peut nécessairement devenir votre rocher. Un enfant, par exemple, ne saurait en aucun cas prendre cette place. Sachez préserver sa fragilité et lui épargner un fardeau qu'il n'est pas en mesure de vous aider à porter.

Quant à votre conjoint, votre compagnon ou compagne, on pourrait croire qu'à l'évidence il figure le rocher idéal. Eh bien pas toujours ! D'abord, la relation avec le rocher implique une franchise absolue, inhérente à mon sens à la relation de couple, mais que tout le monde ne pratique pas. Or le propre du rocher est qu'on peut tout lui dire. Dites-vous tout à votre femme, ou à votre mari ?

En outre, on ne choisit pas un rocher selon les mêmes critères que ceux qui président à la sélection d'un compagnon ou d'une compagne. Si, par exemple, vous préférez les femmes-enfants, il vous faudra nécessairement trouver votre roc hors du domicile conjugal. Il peut aussi arriver qu'un époux-rocher demande soudain grâce, parce qu'un concours de circonstances fait que, provisoirement, il ne se sent pas assez solide pour épauler sa fragile moitié. À l'inverse, il faut savoir que beaucoup d'hommes, brillants dans leur profession, se révèlent dans l'intimité des bambins qui crient sans cesse à l'aide. Et que beaucoup de femmes, quoi qu'elles prétendent, fondent de tendresse devant ces enfants attardés. Seulement, pour le retour de protection, il faut souvent qu'elles aillent chercher ailleurs, sans qu'il s'agisse pour autant d'un amant.

Un patron peut-il être un rocher pour ses collaborateurs ? Oui, mais... prudence !

Oui, s'il s'agit du « maître » qui vous a connu à vos débuts et vous a tout enseigné. Le paternalisme aidant, il aura tendance à s'intéresser à vos états d'âme, à votre vie privée, à vos difficultés. Si c'est un véritable « honnête homme », vous pouvez accepter cette main tendue. Mais attention cependant ! Les patrons sont des inquiets : si vous avouez au vôtre que vous êtes pour l'instant démotivé, il va s'affoler, prévoir l'avenir (sombre) et les moyens de pallier votre déficience si elle perdure.

Un bras droit peut tenir ce rôle à la condition expresse d'un courage à toute épreuve.

Car en principe, si l'on peut tout dire à un rocher, ce rocher peut aussi tout vous dire. Or il est très périlleux d'administrer une volée de bois vert à un grand mandarin, à une star, à un président de la République et même à son patron de P.M.E., « qui est votre copain depuis toujours ». Gare aux retours de bâton !

Le rocher : une relation gratuite.

Cela ne signifie pas qu'on n'attend rien de lui. On attend tout, au contraire, sur le plan humain. Mais mieux vaut qu'il n'y ait pas d'interférences d'argent, d'ambition et de pouvoir entre vous.

On peut cependant trouver des exceptions quand l'amitié s'en mêle. C'est le cas pour moi avec Cédric, que j'ai rencontré lorsque – jeunes judokas – nous étions en concurrence directe à l'INSEP. Même si Cédric a suivi au départ un parcours différent du mien et que nous travaillons aujourd'hui ensemble, notre relation ne pourra jamais être entachée de questions d'intérêt ou de dépendance car nous nous sommes connus très jeunes, à une époque où lui et moi n'étions rien du tout. Nous nous sommes construits côte à côte, en parallèle, et les intérêts communs que nous nous sommes peu à peu découverts sont nés d'idées partagées. L'envie de créer une petite société d'équipement sportif, par exemple, nous est venue pendant que nous faisions nos études. Entre-temps, je suis devenu ce que je suis devenu, mais cela n'a rien changé

à nos rapports. Et notre société, nous l'avons réalisée !
Lors d'une animation que nous avions organisée pour
nos clients, un participant a demandé si le fait que
nous nous soyons trouvés très tôt en concurrence et
que moi seul aie continué dans la compétition n'avait
pas suscité de tensions entre nous. Cédric a répondu :
« Je dois plutôt remercier David, car il m'a évité de
perdre du temps et de m'accrocher à une carrière de
toute façon vouée à l'échec, compte tenu de mes résultats. »

Et cela ne l'a pas empêché de devenir et de rester
mon rocher.

Rochers : noyaux durs
et cercles concentriques.

Un rocher, c'est bien ; plusieurs, c'est mieux. Pour
la bonne raison que notre demande est parfois
énorme : un seul roc, peut-être, n'y suffirait pas.

Mon noyau dur à moi se compose du trio Laurent-
Valérie-Cédric, mes trois rochers les plus anciens et
les plus solides. Nous avons vécu tellement de choses
ensemble...

À l'intérieur de ce noyau dur, Valérie remplit sa
fonction (librement choisie) de rocher avec une vail-
lance inestimable. Elle m'accompagne, me stimule,
me protège, gère toutes mes affaires, écarte les impor-
tuns, me met en garde... Elle éclaire ma route, signale
les écueils les moins évidents, m'indique les chemins
du port quand je suis égaré de fatigue ou d'indécision.
C'est plus qu'un rocher, c'est un phare. Et la mère de

nos enfants. Et l'amour en plus. Je vous l'ai déjà dit, je suis né sous une bonne étoile.

Mais j'ai aussi la chance de pouvoir m'appuyer, sur plusieurs autres pierres de taille, qui constituent en quelque sorte un second cercle autour de ma « garde rapprochée ». Je pense notamment à cinq autres personnes à qui je sais pouvoir confier n'importe quel secret et à qui je peux demander n'importe quoi, même de partir sur l'heure pour l'autre bout du monde afin de me tirer du pétrin. Bref, je peux compter sur elles. Certaines font partie de la famille du judo, qui compte des êtres formidables, mais pas toutes.

Des rochers, vous pouvez en trouver dans tous les milieux, dans tous les domaines.

Chez vos « maîtres », bien sûr, ceux qui vous ont tout appris, chez vos amis — sachant bien que tous les amis n'ont pas la solidité nécessaire pour ce rôle —, mais aussi partout ailleurs, chez « la dame de Haute-Savoie » de la chanson ou autre « Lorette » qui vous ouvre sa porte et son cœur les jours de détresse. Bien sûr, les uns et les autres ne vous apporteront pas le même appui dans les mêmes circonstances. Et tant mieux ! Parce que vous aurez peut-être plus de mal à avouer un chagrin d'amour extraconjugal à votre ami — qui est aussi celui de votre femme — qu'à cette bonne vieille Louise qui a consolé vos premiers déboires affectifs. Chacun a son rôle, mais ils ont tous un dénominateur commun : la confiance entière que vous leur vouez, la totale compréhension qui vous unit... et cette étrange tendresse qui échappe à toutes les déclinaisons des mots « amitié » ou « amour ».

Le rocher, sur le plan affectif.

C'est une relation hors du commun, faite de respect, d'entière transparence, d'exigence outrecuidante, de reconnaissance à ne pas oublier, sans que jamais s'en mêle le sentiment de se « devoir » quelque chose l'un à l'autre.

**On peut tout lui demander, au rocher,
mais il peut aussi tout se permettre !**

Un vrai rocher, on n'éprouvera aucun scrupule à le réveiller à 5 heures du matin en cas de coup dur – je parle ici d'un véritable problème, pas d'un accès de *spleen*. Un rocher, on en abuse, on le sait, et il l'accepte. On se doute que rien ne peut se passer, à ce niveau-là, sans que l'estime et l'affectivité s'en mêlent. Un rocher ne tient pas de comptes ; il ne fait pas le bilan de ses interventions. Dès qu'on commence à calculer, on sort de la sphère de la communion spirituelle pour entrer dans une relation d'intérêt.

Mais un rocher, si dévoué soit-il, n'est pas à votre dévotion ! Je me souviens de quelques rudes semonces, émanant de mon trio préféré – Valérie, Laurent et Cédric –, dont je ne suis pas sorti indemne. J'ai trouvé qu'ils y allaient un peu fort, même s'ils avaient raison. En pareil cas, évitez de claquer la porte en estimant que votre roc est allé trop loin et que tout est fini entre vous.

Car ne vous leurrez pas, vous connaîtrez parfois, avec vos rochers, de véritables scènes de ménage !

Un rocher n'est pas un courtisan.

C'est à cette nuance, d'ailleurs, que l'on s'aperçoit que certaines personnes se trompent de rocher. Elles s'entourent de gens dont elles ne peuvent pas « se passer » mais qui ne sont en fait qu'une cour servile. Ces gens-là ne vous contredisent jamais, flattent même vos plus douteux penchants, bref se révèlent très bons pour tout ce qu'il y a de mauvais en vous. Ce ne sont pas des rochers, ce sont des planches pourries, qui ne sauraient donc devenir des soutiens.

Un rocher, au contraire, ne craindra pas de vous déplaire. Il aura le courage de vous assener, si le besoin s'en fait sentir, les plus dures vérités. Pour votre plus grand bien.

Cela dit, un rocher n'est pas infaillible. Et s'il se trompe, à votre avis, dans ses conseils ou ses observations, vous n'avez pas à lui en tenir rigueur. Il est là pour vous épauler, pas pour vous remplacer. Restez donc ouvert à ses suggestions, tout en sachant que la décision finale vous appartient. Un « bon » rocher ne se vexera pas en pareille circonstance. À condition que vous continuiez de lui témoigner de l'attention.

Un rocher, ça se respecte, ça se ménage : ce n'est pas un larbin.

Ne tenez pas pour normale l'aide qu'il vous dispense. Sachez assurer le « retour ». Votre rocher demande de votre part un minimum d'attention. Les relations que vous entretenez avec lui ne doivent pas être à sens unique. Veillez à conserver des rapports empreints de réciprocité. Il ne s'agit pas d'un troc, mais d'un élan spontané de l'un vers l'autre et de l'autre vers l'un.

Ce n'est pas simple, car tous nous avons tendance à négliger les personnes qui nous donnent le plus. « C'est un autre moi-même », dit-on. Sous-entendu je n'ai pas à le ménager. Erreur ! Il n'est pas vous, il est lui. Alors, quand vous aurez fini de lui exposer vos tracas, songez à vous enquérir de sa vie, des siens, de ses pensées, de son état. Si vous ne pouvez pas devenir « le rocher de votre rocher » — une situation idéale mais rarissime —, comportez-vous au moins en ami attentif.

Avec son rocher, on fait trop souvent preuve d'ingratitude. C'est dommage...

Et c'est à chacun de nous d'y remédier, avant que notre roc ne décide que trop c'est trop. N'attendez pas la sonnette d'alarme, que votre épouse-rocher déclare forfait ou que votre « plus proche collaborateur » ne quitte les lieux parce qu'il est devenu pour vous un esclave déprécié. N'oubliez jamais qu'on ne se dévoue pas sans attachement profond et que certaines déceptions de rocher s'apparentent à des chagrins d'amour, même entre hommes.

Ainsi, au retour de Sydney, j'ai eu un petit souci avec Laurent car il avait l'impression que je ne me préoccupais guère de notre amitié. Et, de fait, même si je n'en avais pas eu l'intention, je l'avais négligé, happé que j'étais par un véritable tourbillon. Au point que nous n'apparaissions ensemble sur aucune photo. Incroyable, mais vrai. Je me suis rendu compte que je n'avais pas trouvé le temps – pas *pris* le temps – d'associer Laurent à cette effervescence, et qu'il avait souffert de ma désinvolture. Depuis on s'est expliqués, on en a beaucoup parlé et on a désamorcé le problème.

Néanmoins j'ai toujours le sentiment, malgré tous mes efforts – et même si lui m'assure que ce qu'on a vécu ensemble et notre amitié lui suffisent –, de n'avoir pas su lui apporter le quart de ce qu'il m'a donné. On est toujours redevable, vis-à-vis d'un rocher.

Redevable à l'égard de votre rocher ?
Sachez lui témoigner votre reconnaissance.

Ah, bien sûr, en cas de problème, on n'hésite pas à débarquer chez lui ! Mais dans les moments fastes ? Ne soyez pas de ceux dont leurs soutiens les plus fervents disent, désabusés : « On ne le voit plus, c'est sans doute que tout va bien. » Songez à associer votre rocher, cet incomparable élément de votre équilibre et de votre perfectibilité, à vos propres succès.

Car ne vous faites pas d'illusions : contrairement à ce que vous pensez, c'est surtout en cas de succès que vous aurez besoin de lui.

- Clé n° 16 -

LA VICTOIRE

La défaite est novatrice,
la victoire conservatrice.

Le concept de victoire est extrêmement porteur. Vaincre, ce n'est pas nécessairement terrasser un adversaire, c'est surmonter les difficultés, conjuguer sa passion, son potentiel, son aptitude au travail et toutes les clés que nous avons évoquées jusqu'ici pour arriver à un résultat escompté. Ce n'est pas pour rien que l'on parle d'un moral de vainqueur : vous aurez besoin de ce goût de vaincre pour gravir les échelons de votre réussite.

Le goût de vaincre : pas l'obsession !

L'important, c'est tout ce que vous avez mis en œuvre pour gagner la bataille. Parce que cela, quoi qu'il arrive, vous restera acquis et vous permettra de rebondir, même si vous n'obtenez pas le diplôme, le poste ou le mandat de vos rêves.

Je dis bien « de vos rêves », pas de vos rêveries vagabondes, prenez garde !

Il est toujours dangereux de rêver à la victoire, de la visualiser avant de l'avoir emportée.

Imaginez un adolescent qui, préparant le bac de français, se mettrait à fantasmer sur le jour où il entrera à Normale Sup au lieu de réviser. Surdoué ou non, il se met en péril. Même chose pour le commercial qui, sur le point de signer son premier contrat, oublierait le client pour songer à traiter bientôt d'égal à égal avec la direction d'une centrale d'achat. Vous croyez que c'est la bonne disposition pour convaincre ?

Souvenez-vous des mésaventures de Perrette avec son pot au lait...

Tout à ses rêves de réussite, la petite Perrette, légère et court vêtue, s'en va vendre son lait à la ville. Le pot est sur sa tête, mais sa tête est ailleurs. Elle songe à tout ce qu'elle va pouvoir acheter, faire fructifier, avec le produit de sa vente. Elle en saute de joie ! Vous connaissez la suite : le lait se répand à terre et « adieu veau, vache, cochon, couvée ».

Au lieu de rêvasser, recentrez-vous sur le présent !

Considérez la victoire comme la cerise sur le gâteau : cela vous évitera, outre de vous casser la figure pour cause de dispersion mentale, de vous retrouver en total blocage comme nous l'avons décrit plus haut.

Il ne faut pas oublier que l'obsession de la victoire
a pour corollaire la terreur de l'échec.

Et il est parfaitement déraisonnable de redouter l'échec. Toute personne qui s'engage dans la vie doit prendre le risque d'échouer. À un examen, dans la réalisation d'un travail, en courtisant une fille, en compétition.

On ne peut pas gagner
si l'on n'accepte pas la possibilité de perdre.

L'échec fait partie de la victoire

Ne vous laissez jamais traumatiser par un échec. Songez toujours qu'il ne représente qu'une étape sur la voie du succès. Lorsqu'un de leurs élèves tombe de cheval, les moniteurs d'équitation le font aussitôt remonter en selle, afin qu'il comprenne que mordre la sciure fait partie intégrante de ce sport et qu'il n'y a aucune raison d'en faire un drame, ni une hantise. Il faut agir ainsi dans tous les domaines. Sinon, on risque de laisser ses ratages marquer sa vie. N'oubliez pas qu'on garde ses fiascos beaucoup plus en mémoire que ses demi-succès. Or, si vous vous laissez submerger par la « douleur » de l'échec au lieu de l'analyser positivement, vous ne ferez aucun progrès. Résultat : vous entrerez dans la spirale des revers à répétition, et dans peu de temps vous allez parler de malchance. Eh bien non ! Tout provient de votre attitude...

L'échec peut devenir votre ami :
c'est une denrée dont on doit apprendre
à se nourrir.

De deux choses l'une : ou vous avez perdu parce que vous avez rencontré plus fort que vous sur votre chemin, ou vous avez échoué parce que vous n'avez pas donné le meilleur de vous-même. Les deux éventualités sont porteuses de leçons.

La première vous apprend à être « sport », comme disent les Anglais. À admettre qu'il peut exister meilleur que vous, à remettre votre ego à sa place. Mais vous ne devez pas vous arrêter à ce grand moment de modestie. Il vous faut chercher *en quoi* votre concurrent fut meilleur. Si vous n'êtes pas aveuglé par le dépit, vous pouvez très bien le découvrir. Untel a remporté « votre » marché parce qu'il s'est montré plus souriant, plus malin que vous ? Ne retenez pas que c'est une injustice, et que ses courbettes ne valent pas votre sérieux : retenez que vous manquez d'affabilité, voire de souplesse ! Prenez de la graine de tous les points gagnants de votre rival, et faites-la pousser en vous. Souvenez-vous de ce que nous disions plus haut : « Ton adversaire est ton meilleur professeur. » Les clés pour devenir un champion de la vie se retrouvent à toutes les étapes.

Ne rejetez pas la faute sur autrui.

Vous vous êtes rétamé, ce peut être à cause de la supériorité d'un challenger, un peu par manque de chance, mais ne recherchez pas systématiquement un troisième responsable, sinon vous. Je pense par exemple à mon amie Céline Lebrun qui a perdu en finale des jeux Olympiques, à la suite d'un arbitrage particulièrement « vache ». Seulement, le principe du judo est de faire tomber l'adversaire et elle ne l'a pas fait, ce qui revenait à laisser les arbitres décider à sa place de l'issue du combat. Elle porte donc une part de responsabilité dans sa défaite. Elle-même l'admet d'ailleurs volontiers. Et cette lucidité a payé pour Céline puisque celle que je considère comme l'une des figures prestigieuses du judo français vient de remporter les championnats du monde.

Mais tous ne partagent pas cette honnêteté et trop de gens rejettent la responsabilité de leurs propres échecs sur leurs collègues, leur mari, les conducteurs de bus en grève ou que sais-je encore. Au lieu d'accabler votre entourage de reproches, analysez vos échecs et songez à *vous* remettre en question plutôt qu'à remettre en question un système. Même si le système regorge de défauts, c'est à vous de vous adapter à lui afin de l'optimiser.

Quant à l'autre raison d'échec : ne pas avoir donné le meilleur de soi-même, elle est beaucoup plus sérieuse, et il est indispensable d'y remédier.

Au début de ma carrière, il m'est arrivé d'éprouver des regrets terribles après une rencontre au cours de laquelle je savais que je n'avais pas fait tout ce qu'il fallait. Je souffrais à l'époque de difficultés de concentration. Péché de jeunesse, je me laissais encore distraire par des événements parasites étrangers au combat.

Mais ce genre de défaut doit se corriger au plus vite.

Le seul véritable échec consiste à s'être mis
soi-même en situation de perdre.

Si vous l'avez fait, ressortez votre trousseau de clés : laquelle vous manque ? Le travail, le perfectionnisme, un rocher ? Un ego tellement « égoïste » que vous en avez perdu l'amour de votre conjoint ? Repartez de zéro et reprenez confiance, en méditant à l'occasion cette déclaration fracassante de Churchill : « Il n'y a qu'une réponse à la défaite, c'est la victoire. »

Sur vous-même. Car la victoire telle qu'on l'entend, en général, c'est-à-dire la réussite d'un plan quel qu'il soit, n'est au fond qu'une étape dans votre développement personnel.

Toute victoire s'inscrit
dans un parcours

Chacune de nos victoires contribue à construire un tout – que certains appelleront « carrière ». Chaque succès vous hisse d'un cran dans la voie de votre accomplissement. Chaque fois qu'on en remporte un, qu'on décroche une promotion ou qu'on grimpe sur un podium, c'est l'aboutissement d'un long processus et d'une démarche complexe, à la fois technique et psychologique, visant à aller plus haut.

Une victoire n'est pas forcément une première
place. Une troisième place peut figurer
une victoire si elle correspond
au franchissement d'un cap.

Certaines réalisations et certains titres ou classements au premier abord peu prestigieux représentent un immense succès par rapport à votre niveau et à votre potentiel. Lorsqu'un adulte rédige une lettre, c'est une simple missive, mais lorsque votre fille vous adresse pour la première fois une carte postale, avec des lettres de taille inégale tracées d'une main malhabile, c'est une victoire pour elle. Et une étape cruciale dans l'apprentissage de l'écriture.

Si je ne devais garder que trois victoires, les plus fortes, celles qui m'ont le plus marqué, je ne conserverais pas forcément mes titres mondiaux. Ma première grande victoire : être devenu champion de France à l'âge de seize ans, ce qui m'a valu ma sélection à l'INSEP. Intégrer cet institut signifie qu'on fait officiellement partie des meilleurs athlètes de France dans sa spécialité. Il ouvre la porte du sport de haut niveau. Seize ans ! Alors qu'on entre d'habitude à l'INSEP entre dix-huit et vingt ans ! Voilà une « marche » que je ne suis pas près d'oublier.... Le grand moment suivant devait être ma médaille de bronze à Barcelone : la performance minimale ! Oui, mais qui me permettait d'assurer enfin mon statut au sein de l'équipe de France. Un titre arraché de haute lutte à vingt secondes de la fin. Une rencontre superbe, un énorme défi pour moi, le début d'une carrière internationale. Et surtout... c'est ce jour-là que j'ai commencé à prendre confiance en moi et en mes capacités.

L'année suivante, en 1993, je devais remporter mon premier titre mondial face à l'adversaire qui m'avait battu en finale du championnat d'Europe. J'étais champion du monde ! Mon rêve de gosse s'était réalisé, car, enfant, les jeux Olympiques me fascinaient beaucoup moins que le championnat du monde.

On pourrait qualifier ces trois victoires de victoires d'initiation. Voilà pourquoi elles comptent plus à mes yeux que certaines médailles d'or.

Chaque victoire est une étape franchie : fêtez-la !

La route est longue, pour arriver au but final que vous vous êtes fixé. Alors sacrifiez au rituel des célébrations : elles jalonnent votre existence de bons souvenirs. Et puis la fête permet de libérer la pression que vous vous êtes imposée pour parvenir à cette halte, en attendant de grimper plus haut.

Mais ne vous égarez pas sur les sentiers épineux de la nouba permanente. Vous n'êtes pas arrivé, ce n'est pas le moment de perdre du temps.

Ne vous laissez pas griser par le succès !

Mesurez la portée de votre victoire-étape. Sachez saisir les opportunités professionnelles qu'elle vous procure, et les nouvelles responsabilités qu'elle implique. On ne compte plus les personnes qui se sont arrêtées en route et stagnent pour la vie à mi-chemin de leur rêve, quand elles ne le saccagent pas totalement. L'« enfin patron » joue les dilettantes, le gars qui a obtenu un poste se dit « j'y suis » au lieu de penser qu'il faudrait surtout qu'il y reste, la vedette joue les stars plutôt que de songer à ses vrais futurs rôles, et le gars qui vient de terminer sa maison se met à y recevoir comme un nabab au lieu de continuer à bosser pour achever de payer ses dettes.

D'autres se prennent pour des dieux, changent du jour au lendemain de personnalité, deviennent infréquentables. Tout se passe comme si une capsule d'égoïsme pur agrémenté de mégalomanie s'était soudain répandue dans leur cerveau. Ils n'ont pas compris que la victoire est un phénomène « ponctuel ».

La victoire dure un jour, pas toujours !

Vous avez sablé le champagne quand on vous a nommé directeur des ventes ? Parfait. L'écueil à éviter est de vous prendre pour un directeur accompli alors que vous avez encore à essuyer les plâtres dans votre nouveau bureau. Une promotion n'est pas un rocking-chair, c'est un tremplin.

Je suis devenu champion du monde à vingt-quatre ans ; c'est très jeune. Habituellement les « lourds » atteignent leur maturité sportive à l'approche de la trentaine. Pour gérer au mieux ce succès précoce et éviter la grosse tête, je me suis toujours forcé à considérer qu'on n'est champion du monde que le jour où l'on décroche la médaille d'or : pas la veille ni le lendemain. Quand on récolte un diplôme, on est lauréat le soir des résultats, mais c'est tout. Évitez de vous définir pour le restant de vos jours comme diplômé de telle école ou ancien de telle autre... Ça coupe toute créativité.

Une victoire, ça se gère.

D'abord, analysez la vôtre en vue des épreuves à venir. Faites la part de la chance, voyez en quoi vous vous êtes mis en danger, peut-être une erreur dans la présentation, une phrase scabreuse qui aurait pu vous coûter la place, et autres maladresses à ne pas renouveler.

Et ensuite, remettez-vous sans tarder au boulot ! Pour le sportif de haut niveau, cela consistera à reprendre l'entraînement, travailler les points où il peut s'améliorer, ne pas s'endormir sur un titre et re-viser les 110 % de son nouveau potentiel.

Dans d'autres professions, ce sera tout simplement l'apprentissage de ses nouvelles fonctions.

Une victoire, il faut s'en montrer digne !

Vous voilà responsable d'un secteur déterminé. C'est gratifiant mais tout reste à faire. Tout le monde ne se réjouit pas nécessairement de votre arrivée à ce poste : il va peut-être falloir remotiver l'ancienne équipe, l'associer à votre travail, demander à certains de ses membres de vous mettre au courant des habitudes du service, que vous souhaitiez ou non les garder. En somme, vous allez devoir faire vos preuves.

N'ayez pas peur de vos nouvelles fonctions
ni de vos nouveaux défis :
la facilité n'a rien d'excitant.
Retrouvez votre combativité !

La « décompression » qui suit une victoire ne doit pas s'éterniser. Après le championnat d'Europe, il y a le championnat du monde, et après votre poste actuel, un autre vous attend... à condition que vous poursuiviez votre route. Chaque victoire marque le début de nouvelles difficultés. Tant mieux !

Méfiez-vous du « *victoire's blues* »...

Parfois, une victoire démotive complètement. Ça m'est arrivé après les Jeux d'Atlanta. Une sorte de mini-dépression : le *blues* du palmarès. Pourtant, ma médaille olympique arrivait pour couronner une année fulgurante : j'avais tout de même réalisé en 1995 un doublé gagnant au championnat du monde en remportant les catégories « lourd » et « toutes catégories » à deux jours d'intervalle... Cela dit, alors que j'avais décroché sans problème le titre des « lourds », j'ai dû ramer comme un fou pour passer les éliminatoires de la seconde épreuve, même si, lorsque je suis arrivé en demi-finale, quelque chose s'est débloqué en moi, me permettant de conclure la compétition en beauté. Il vous arrive quelquefois dans la vie de vous trouver dans une sorte d'état de grâce où tout vous réussit : pour moi, ce fut lors de ce championnat. J'étais intouchable ; aucun de mes adversaires n'a réussi à me mettre en danger, ni même à marquer un avantage. Il ne manquait plus à mon palmarès qu'un titre olympique. Pour cela, il me fallait attendre 1996 et les Jeux d'Atlanta. J'attends, je me prépare, et j'emporte ce titre sur ma lancée.

Et là : déprime totale ! J'avais tout gagné : le championnat d'Europe, le championnat du monde et les jeux Olympiques et pourtant, je voyais tout en noir.

Curieusement, c'est mon accident de moto qui m'a tiré de ce mauvais pas... En me faisant descendre plus bas que le pied de la montagne, il m'a donné envie de remonter la pente. Je ne sais pas si j'aurais continué la compétition sans cet événement. Sans doute avais-je besoin d'un nouveau défi.

En cas de « victoire's blues », allez voir votre rocher !

Parce que les autres ne comprendront sans doute pas. Qu'est-ce que c'est que cet enquiquineur qui se plaint que la mariée est trop belle ? Ils ne peuvent pas savoir que, depuis des années peut-être, vous avez dépensé toutes vos forces, toute votre énergie en vue de cette victoire et que, soudain, l'objectif atteint vous apparaît moins « magique » que dans votre rêve initial. Votre rocher, lui, saura remettre les pendules à l'heure.

Et c'est drôlement nécessaire ! Il arrive en effet qu'on ne sache plus à quel point on aime son métier, son art, sa famille. L'habitude a estompé le rêve, on croit entrer dans la routine, on pense que plus rien ne peut encore vous surprendre.

Eh bien faites-vous donc un scénario « révulsif » ! Imaginez que votre famille vous tourne le dos, ou qu'on vous mette au placard dans votre entreprise : vous verrez si tout ce dont vous avez « marre » aujourd'hui ne vous manquerait pas !

Votre rocher vous conseillera sans doute de ranimer

la flamme de votre passion, de vous fixer de nouveaux objectifs, de repenser, peut-être, votre métier. Car cette lassitude blasée qui vous vient représente peut-être un signal d'alarme salutaire. Vous êtes en train de vous enliser. Le temps a passé, vous avez « gagné », même le plus haut degré de l'échelle, mais quelque chose en vous n'a pas suivi. Avez-vous l'intention de finir vos jours de la sorte, à la traîne et rétif comme un cheval fourbu ?

Il serait grand temps de vous remettre en cause...

- Clé n° 17 -

LA REMISE
EN QUESTION

Si perçante soit la vue,
on ne se voit jamais de dos.

La remise en question, c'est tout le temps qu'il faut la faire ! Tout au long de la vie ! Elle s'impose en cas d'échec, en cas de victoire, en cas d'accident, mais aussi et surtout lorsque tout « baigne », sans qu'un événement marquant vous oblige à y penser. Pratiquez-la systématiquement comme un check-up, au moins tous les ans, et dès que vous sentez que la routine vous endort, ou vous ennuie.

Ne laissez pas aller les choses :
vous risqueriez de vous apercevoir,
trop tard, qu'elles vont mal.

La remise en question se fait seul...

Vos rochers ont fait leur boulot ; ils vous ont alerté sur certains manquements, sur votre enthousiasme en berne, sur votre moindre efficacité ou sur la façon que vous avez de délaisser votre famille : à vous maintenant de faire le point. Seul. Et pas à moitié, en y pensant un soir d'insomnie ou un dimanche entre deux whiskies. Un de mes amis profite de ses huit jours de thalassothérapie solitaire pour se livrer à ce grand remue-ménage ; un autre va marcher dans la campagne, une semaine lui aussi, loin des siens. Quelle que soit votre formule, prenez tout le temps nécessaire : c'est un véritable travail sur soi.

De fond en comble...

Des fondations jusqu'au toit.

Et d'abord, observez le chemin parcouru.

Les graines de champions (de la vie !) ne sont jamais contentes. Pas assez vite, pas assez haut, toujours plus. Halte ! Soufflez ! Regardez d'où vous êtes parti, et les progrès accomplis : une petite pause d'autosatisfaction n'a jamais fait de mal à personne sur la route de l'ascension. Et si vous vous trouvez au top, descendez de votre piédestal et dites-vous que pour ne pas succomber au _blues_ de la victoire, pour continuer d'entretenir la passion, il va falloir remettre en pratique toutes les qualités dont vous avez fait preuve jusqu'ici afin d'atteindre d'autres objectifs, quels qu'ils soient. La victoire est un anesthésiant : réveillez-vous !

Clé par clé, voyez où vous en êtes.
Par rapport à vous, pour commencer.

Dépassé dans votre profession ? Révisez vos méthodes. L'entreprise dans laquelle vous travaillez s'est développée : avez-vous suivi ? Qu'est-ce qui cloche dans votre organisation ? Vous faut-il des collaborateurs plus compétents, ou est-ce vous qui devez vous perfectionner ? Un médecin m'a confié faire régulièrement des stages dans divers hôpitaux : « Non seulement ça me tient au courant des progrès de la science, mais ça me permet de continuer à aimer la médecine », m'a-t-il expliqué.

La soif d'apprendre :
le meilleur moyen de ne jamais être blasé.

Apprendre pour augmenter son potentiel, mais aussi pour revaloriser son rêve, et surtout pour continuer à progresser, en évoluant selon les données nouvelles, tout en gardant son axe. Si l'animateur d'une émission télévisée ne change pas de concept, il ne progresse plus, le téléspectateur se lasse, l'Audimat chute et l'animateur est cuit.

Cela dit, il n'y a pas que votre potentiel, votre puissance de travail et votre objectif à réévaluer : il y a tout ce qui relève de l'équipe, de l'ego, du respect de soi, du rocher ; tout ce qui vous relie aux collègues, parents, enfants, amis.

Où en êtes-vous par rapport aux autres ?

Est-ce qu'à la longue vous n'êtes pas devenu un peu trop familier avec vos supérieurs ? Si de temps en temps ils vous prennent de haut sans que vous compreniez pourquoi, vous avez peut-être là une réponse à votre question. À l'inverse, n'avez-vous pas un peu tendance à mener votre équipe à la baguette ? D'ailleurs vous ne dites plus « équipe », vous parlez de vos « troupes ». Attention ! Vous n'êtes pas Lawrence d'Arabie ! Ni de ces commissaires de police qu'on voit à la télévision, qui distribuent des ordres sans appel, privent leurs collaborateurs de sortie, de sommeil, de week-end... et personne ne rechigne !

Si vous ne mettez pas un peu d'humanité dans votre goût du pouvoir, ne vous étonnez pas que vos subordonnés traînent les pieds.

Ne fuyez pas les problèmes affectifs.

Une vie privée harmonieuse est le meilleur terreau pour s'épanouir. Où en est la vôtre ? Mettez les choses à plat. Subissez-vous votre partenaire d'existence, restez-vous ensemble par habitude ? Ne laissez pas pourrir la situation : il faut avoir le courage, parfois, de se séparer à temps, en douceur, au lieu d'atteindre le point de non-retour où l'on claquera la porte avec fracas.

Au contraire, si vous vous estimez « heureux », au masculin comme au féminin, êtes-vous sûr que l'autre se trouve dans le même état d'esprit, et de cœur ? Faites-vous ce qu'il faut pour cela ? Une de mes amies m'a confié récemment ses malheurs, et sa responsabilité dans le divorce qu'avait demandé son époux. « Non, il ne m'a pas quittée pour une plus jeune. J'ai quarante-cinq ans et ma rivale en a quarante-sept ! Il m'a quittée pour une plus libre, une plus généreuse, qui s'occupe un peu de lui. Moi, je l'ai bassiné pendant des années avec mon job, mon avancement, mes soucis. Je croyais que l'amour entre nous était implicite, allait de soi, car je n'ai jamais cessé de l'aimer. J'ai oublié une chose, c'est que l'amour, ça se prouve. »

Comme quoi, la remise en question ne doit pas se faire que sur le plan de la carrière...

En panne d'inspiration ?
Ouvrez vos fenêtres sur le monde !

Le problème, quand on reste la tête dans le guidon, c'est que parfois on ne voit plus la route, et encore moins le paysage alentour. Humez un peu l'air du temps, voyez des têtes nouvelles, discutez « gratuitement » avec elles, et pas toujours de vos problèmes en vase clos. Vous vous sentez tari ? Ressourcez-vous. Regardez ailleurs : en rentrant chez vous, vous verrez mieux ce qui cloche. Vous comprendrez que votre boutique n'a plus rien de pimpant, et que la défection de plusieurs clients ne tient peut-être qu'à cela. Un écrivain découvrira, avec une terreur salutaire, qu'il ressasse éternellement la même histoire, dans le même milieu. L'un d'eux m'a dit : « J'ai pris un job de traduction, alimentaire et néanmoins intéressant. J'avais besoin de sortir de mes habitudes, et surtout d'aller faire mon marché. Maintenant mon marché est fait, j'ai des idées nouvelles. »

Ne cédez pas à la panique :
attention à la fuite en avant !

Ne faites pas n'importe quoi pour que « ça change », et méfiez-vous du chant des sirènes ! Quand on est affaibli, ça se voit, et des tas de « vendeurs d'idées géniales » en profitent. Ne vous embarquez pas avec n'importe qui, qu'il s'agisse d'engager un nouveau second qui va « tout casser » (il le fera peut-être, en effet !) ou de vous associer à un incapable, voire un aigrefin. Ne prenez pas de risques en période de fragilité. Revoyez vos clés une à une et jugez de ce que vous pouvez faire, raisonnablement, pour retrouver votre force, votre enthousiasme, et le succès.

À moins que vous ne soyez arrivé au sommet sans problème, mais complètement désabusé, ou que vous vous trouviez à la veille de la retraite, et complète-ment désemparé. Là aussi, vous êtes en péril ! Soyez prudent...

Repartir de zéro : quel zéro ?
Et pour aller où ?

On ne repart jamais de zéro, heureusement ! Les acquis restent, l'expérience, la puissance de travail ; ils peuvent vous servir, même si vous décidez d'aller faire potier en Provence. Mais là, prenez garde à la réalité. C'est fabuleux de se rêver en artiste philo-sophe, c'est autre chose de se retrouver dans un cadre charmeur mais déstabilisant, sans amis proches, et avec des soucis d'argent parce qu'on découvre soudain que la poterie ne fait pas toujours vivre son homme.

Et ne prétendez pas que
« vous n'avez besoin de rien »,
c'est une impudence de riche !

Un costume vous suffit, dites-vous : alors pourquoi avez-vous acheté les trois autres ? Vous en avez assez des relais gastronomiques ? Alors pourquoi reprochez-vous à votre femme, en vacances, de ne pas vous confectionner des plats sophistiqués ? Il faut rester lucide, ne pas sous-estimer ses avantages, être sûr de pouvoir les abandonner sans regret, et savoir que « tout changer », sans réfléchir, ne va pas fatalement vous apporter le bonheur.

Changer d'objectif, oui...
mais en toute connaissance de cause.

Si vraiment vous êtes sûr de pouvoir trouver la félicité dans l'alpage, avec vos bêtes, vos chiens et votre conjoint au coin du feu, si dans cette nouvelle vie vous êtes certain d'être en phase avec vous-même, allez-y. J'ai connu un polytechnicien recyclé de la sorte sur un haut plateau des Alpes bernoises, au milieu de soixante moutons et régnant sur un petit hôtel de montagne où il ne reçoit que les vrais amoureux des hautes solitudes. Il n'a jamais regretté d'avoir quitté le prestigieux emploi qu'il occupait dans sa jeunesse. Mais avant de gravir ses chemins alpestres, il a tout balisé : son investissement, la rentabilité – même modeste – de son élevage et de son commerce, et il a surtout passé un semestre entier avec sa compagne dans un chalet voisin de sa future acquisi-

239

tion, pour voir s'ils étaient capables de tenir le coup et ne confondaient pas leur fantasme avec la rude réalité.

Se remettre en question professionnellement : un travail de préparation minutieux.

J'en sais quelque chose ! Car bien sûr, une fois redescendu du podium, j'ai quand même eu un peu le tournis... Sans doute y a-t-il ce rêve d'aller dans l'espace, que j'essaie par tous les moyens de concrétiser un jour. Mais en attendant, et sans être sûr que ce projet puisse aboutir, il faut bien exister. Or là tout change pour moi, que je le veuille ou non.

Dans le domaine du sport d'abord. De compétiteur je suis passé à conseiller, puisque désormais, comme je l'ai déjà dit, je « coache » la catégorie des « lourds » de l'équipe de France de judo. J'ai fait également mes premiers pas dans l'univers complexe de la télévision. Dans tous les domaines que j'aborde, les paramètres ont changé. Dans mon ancienne vie, il y avait cette crainte de la mort simulée, inhérente à chaque compétition, qui me donnait une énergie fantastique. Maintenant tout est plus calme, et d'autant plus compliqué. Avant, même en m'appuyant sur les autres, mes entraîneurs, mes partenaires, j'agissais seul au moment de l'estocade ; maintenant c'est fini. Je dois apprendre à enseigner, négocier, au besoin convaincre : je ne peux plus ne compter que sur moi. Au début, c'était si déroutant que j'en étais presque démoralisé. Une impression de vivre sans ivresse, en *light*, et en même temps l'idée que j'avais tout à réapprendre.

Et j'ai tout, en effet, à recommencer, l'humilité en prime.

**L'avantage de choisir, ou d'accepter,
un nouvel objectif,
c'est de se créer une seconde jeunesse.**

Mais en sachant bien que vous devrez faire un apprentissage total. Si vos clés sont en ordre, prêtes à ouvrir toutes les serrures de votre nouveau domaine, ça ira. Rappelez-vous cependant, dès le départ, que le changement n'est jamais synonyme de facilité. Il n'en permet pas moins à certains de renaître...

Et si vous n'éprouvez pas le besoin de tout chambouler...

La remise en question n'en sera que plus profonde. Vous avez décidé de vous satisfaire de votre sort actuel, ou de vous retirer de l'agitation du monde ? Que ce ne soit pas un réflexe de lassitude, mais de sagesse.

Ne parlez jamais de retraite !

Le mot « retraite » me fait penser à la retraite de Russie, au recul, à l'abnégation. Or vous pouvez fort bien prendre un peu de distance par rapport à vos occupations professionnelles ou même les abandonner sans cultiver un sentiment de « jamais plus » et de renoncement.

Si vous quittez un poste prestigieux sans que les flatteries et les honneurs vous manquent...

Si la lecture, un art, la réflexion, le désir de cultiver votre esprit et votre âme suffisent à vous combler...

Si vous vous réjouissez à l'idée d'avoir enfin le loisir de vous occuper de vos proches...

Et si la vie tout court, sans podium, sans hochets, sans combats vous suffit...

Alors vous serez devenu un sage et vous aurez bien usé de votre temps.

Mais n'attendez pas la « retraite » pour préparer cette dernière ascension. C'est tout au long de la vie que le temps de vivre s'apprivoise.

- Clé n° 18 -

LE TEMPS

> *Vis comme si tu devais mourir demain,*
> *apprends comme si tu devais vivre toujours.*

Apprivoiser le temps pour mieux le maîtriser : voilà la clé la plus importante... et la plus difficile à utiliser de nos jours. Prendre le temps de vivre, partout ! De vivre sa carrière, son travail, son intimité, sa famille, ses royaumes d'amitié, bref *tous* les domaines de l'existence. Je me garderai en effet de dire comme certains : ne pensez pas qu'au travail, pensez aussi à « vivre ». Votre métier fait partie de votre vie. Simplement, il ne doit jamais vous faire oublier le reste. Il convient de dissocier votre « production » et vos activités personnelles.

Et, dans les deux domaines, évitez de courir comme un fou. Sinon vous ne vous apercevrez même pas de votre passage sur terre.

Le paradoxe moderne :
plus on va vite, moins on a de temps.

C'est quand même inouï ! Jamais on n'a disposé d'autant de moyens pour gagner des heures, que ce soit pour se déplacer ou communiquer (métros, voitures, trains à grande vitesse, avions supersoniques, téléphones portables, fax, ordinateurs, Internet, etc.) et, cependant, jamais on n'a manqué à ce point de temps. Combien de gens, après avoir avalé leur café et embrassé les leurs du bout des lèvres, se précipitent au travail, passent de réunion en rendez-vous sans vraiment reprendre leur souffle, traitent deux ou trois affaires à la fois, ingurgitent des aliments minute dans un fast-food, jonglent entre trente-six appels téléphoniques et autant de dossiers en suspens, quittent leur bureau en demandant au Ciel que malgré les embouteillages ils arrivent assez tôt pour récupérer leurs enfants, prennent à peine le temps de les écouter pour s'occuper de leurs devoirs, et réchauffent un plat tout préparé au four à micro-ondes avant de s'installer devant leur petit écran pour enfin, du moins le croient-ils, prendre un peu de bon temps !

Et quand vient le week-end, cela ne vaut guère mieux. Tout ce qu'ils n'ont pas pu faire durant la semaine, le marché, le ménage et le courrier en retard, la visite chez le médecin, la voiture qu'il faut laver, la maison qu'il faut bricoler, et que sais-je encore, a tôt fait de les ramener au lundi matin, presque aussi fatigués que le vendredi soir.

Ce n'est pas normal ! Autrefois on travaillait plus dur et surtout plus longtemps, du plus jeune au plus grand âge et du lever au coucher du soleil, hormis le jour du Seigneur... De surcroît le confort était bien moindre, le lavoir ou l'étuve faisait office de machine à laver, l'eau devait être puisée et le bois débité, les femmes passaient des heures à la cuisine, sans compter les travaux du jardin, de raccommodage et de pouponnage. Et pourtant, de l'aveu même de nos grands-parents, bien que l'on se tuât à la peine, on savait garder des heures pour les veillées au coin du feu, des après-midi pour les fêtes, des moments de répit au cours de la journée.

Alors que se passe-t-il, aujourd'hui, pour que la plupart des gens soient ainsi à la minute près, en proie au stress du « pas le temps », généralement combattu à coups de vitamines, d'excitants voire d'antidépresseurs ?

C'est tout bête : nous perdons du temps sans nous en rendre compte.

Évitez les pertes de temps.

Passer deux ou trois heures chaque soir devant la télévision délasse peut-être, mais ne facilite pas la convivialité familiale. À vos magnétoscopes si une émission en vaut la peine mais profitez de vos soirées pour mieux connaître vos enfants, voir vos amis, lire, vous distraire et... vous coucher plus tôt. Vous vous lèverez de même et ne sacrifierez pas le moment précieux du petit déjeuner en famille.

C'est au jour le jour qu'il faut savourer l'existence.

C'est un non-sens que d'attendre les vacances pour s'offrir du bon temps, chérir les siens, faire autre chose. Il faut se donner, au quotidien, les moyens de prendre son temps personnel.

Oublier votre voiture au profit des transports en commun, plus fiables qu'on ne le prétend, vous permettra peut-être de revoir votre programme de la journée, et surtout de *réfléchir* : une étape préparatoire qui facilite le travail et fait gagner du temps. On a vu par ailleurs comment faire l'économie du stress grâce à une bonne organisation de son planning professionnel et au respect de ses rythmes biologiques : démarrage plus matinal et soirée plus précoce, consacrée à vos activités personnelles.

*Il faut apprendre à gagner du temps
au lieu de cultiver l'angoisse d'en perdre.*

L'angoisse est déséquilibrante... et fait perdre un temps précieux. Elle suscite des réveils nocturnes, des blocages où l'on ne fait rien, sinon se ronger les sangs et se provoquer des ulcères gastriques.

*Cessons d'avoir peur de manquer de temps !
Nous en avons plus que nous ne l'imaginons.*

Ne vous est-il jamais arrivé d'avoir devant vous un programme serré au point que vous pensez ne pas pouvoir disposer d'une seconde, et de trouver quand même une matinée entière à consacrer à une personne chère qui avait besoin de vous... sans que votre travail en pâtisse ?

N'avez-vous jamais remarqué que certaines personnes, dont la lenteur apparente vous exaspère, mènent à bien leur tâche mieux que les agités ? En fait, elles ne sont pas lentes, elles sont calmes. Elles prennent le temps de comprendre les problèmes qu'elles ont à résoudre, et après tout roule comme un T.G.V.

Maintenant, bien sûr, il est clair que si vous devez travailler quinze heures par jour pour réussir plus vite, brûler les étapes, vous ne pourrez pas « en même temps » profiter de votre famille, prendre des week-ends prolongés, courir le matin au bois et aller faire du squash le soir. Et pourtant c'est ce que la plupart des gens essaient de faire.

Pourquoi vouloir tant de choses, si vite et à la fois ?

Parce que, curieusement, à une époque où la science vous promet de mourir de plus en plus tard, on vous met de plus en plus tôt à la porte de la vie. Le marché du travail vous ferme ses portes à peine franchi le demi-siècle, la pub et la mode visent surtout les jeunes. Si bien que chacun se voile la face : la vieillesse et la mort, on ne veut surtout pas en entendre parler. Dépêchons-nous de tout posséder, tout tenter, tout avaler avant que cela n'arrive.

Sauf qu'en courant ainsi dans l'urgence et l'angoisse, on ne vit pas.

Admettre la mort :
rien de mieux pour savourer la vie.

Autrefois la mort faisait moins peur car plus de gens croyaient en Dieu. Elle n'était qu'un passage, et la vie terrestre une étape vers la vie éternelle. Aujourd'hui, même chez les croyants — je parle de l'Occident — c'est la Terre qui nous intéresse, et pour le reste, on verra bien. Il s'ensuit une terreur du trépas qui nous pousse à nous étourdir, à toute vitesse, pour ne pas y penser. La mort est devenue virtuelle. On empaquette les défunts dans le petit matin et l'on bâcle le deuil. On évite d'y associer les enfants. C'est un tort. Il faut leur expliquer, au contraire, il faut les laisser voir, toucher le corps inerte et froid de leur grand-père ou de leur grand-mère, pour qu'ils comprennent qu'à un moment, c'est fini. Ils apprécieront mieux la simple chance de vivre.

La conscience de la mort permet
de relativiser les problèmes de l'existence.

En 1993, j'étais en stage au Japon avec mon copain Thierry. Ce soir-là on sortait d'un restaurant et, en traversant la rue, Thierry s'est fait faucher par une voiture devant moi. L'ambulance est arrivée, il respirait encore mais l'électro-encéphalogramme était plat. En fait, il était mort sur le coup. Quelques instants auparavant nous riions ensemble, et voilà. Tu ouvres la porte d'un resto, tu fais cent mètres, tu meurs et c'est fini, on éteint la lumière.

Le chagrin passé, je me suis dit qu'au regard de ce

départ-là, les « petites morts » que nous vivions au cours de l'existence n'étaient que des incidents de parcours. Des petites morts comme l'échec, une rupture amoureuse, la perte d'un travail ne doivent pas nous détruire : tant qu'il y a la vie, la vraie, les possibilités de rebondir sont là.

Prévoyez votre mort, même jeune, vous en serez libéré.

Faire son testament est une démarche beaucoup moins lugubre qu'on ne l'imagine. C'est au contraire une façon de se débarrasser de la sourde anxiété qui accompagne la politique de l'autruche. C'est aussi, bien entendu, le moyen de décharger les siens des formalités funéraires, et de les mettre à l'abri soit par vos legs, soit par le truchement des assurances. Vous sortez de ce pensum la conscience tranquille et avec l'idée, très saine, que le temps, il faut en profiter pendant qu'il est là.

« Prendre » son temps, c'est également s'en emparer.

Et savoir que ce temps-là, c'est le vôtre : vous le gérez comme vous l'entendez. Ne vous laissez pas influencer par les préjugés qui veulent qu'on soit trop jeune pour ceci, trop vieux pour cela. Ne pas se marier avant tel âge, ne pas avoir d'enfants trop tôt, ou au contraire ne pas pouvoir « réussir » après cinquante ans. Ne vous occupez pas de ces idées reçues.

Non, il ne faut pas toujours laisser du temps au temps !

En équipe de France, la première chose qu'on m'a dite était la suivante : « Pour la catégorie des lourds, tu as le temps. Tu as seize ans, la maturité d'un lourd arrive à vingt-sept ou vingt-huit ans. » Bref, je sortais des couches-culottes et je devais en tenir compte. Or, à l'époque, un Japonais qui s'appelait Ogawa et qui avait mon âge avait déjà été sacré double champion du monde. Quand j'ai appris ça, je me suis dit qu'on m'avait raconté des conneries, et que si j'avais le potentiel nécessaire pour gagner tout de suite, je n'allais pas perdre des années précieuses sous prétexte que je ne sais qui avait décidé qu'il fallait attendre.

Je pense que les directeurs de relations humaines devraient être sensibles à cet aspect de l'embauche, au lieu de partir du postulat institutionnel ou administratif selon lequel il faut être dix ans sous-fifre pour devenir fifre, et ainsi de suite...

À l'inverse, ne paniquez pas si vous vous croyez en retard par rapport aux autres. Chacun dispose de son temps, et doit respecter son rythme.

Ce n'est pas parce qu'on est en retard sur le timing général qu'on est forcément en situation d'échec. Certains grillent les étapes, d'autres s'y reprennent à plusieurs fois pour les franchir : ils n'ont pas forcément démérité, seul compte le résultat.

Et cette « lenteur » vaut mieux, en tout cas, que la précipitation irresponsable de ceux qui foncent dans tous les sens, travaillent comme des forcenés, sans plan balisé, pour oublier le temps qui passe, négligent leur corps pendant leur vie active et, arrivés à la retraite, se mettent à faire du jogging à outrance pour échapper à la vieillesse, au risque de se provoquer un infarctus.

Il est tout aussi stupide de défier la mort par inconscience du danger que de chercher à se conserver par de trop grandes précautions. L'important, c'est de vivre pleinement tant qu'on est ici-bas.

Apprenez à vivre, faites-vous plaisir !

N'attendez pas je ne sais quelle échéance pour vous offrir tel voyage, tel cadeau dont vous rêvez. Il ne s'agit pas de vous lancer dans une course éperdue au plaisir qui ressemble plus à un suicide qu'à la vraie joie de vivre : il s'agit de satisfaire vos envies légitimes de bonheur extra-professionnel. Un ami de ma mère s'est privé de tout loisir pendant toute son existence : « J'aurai bien le temps de musarder à la retraite », disait-il. Il est mort à cinquante-deux ans.

Le temps c'est de l'argent. On l'économise, on l'épargne, on le met de côté, bref il faut être prévoyant. Mais à la différence de l'argent, on ne le fait fructifier qu'à une condition : en sachant en profiter le moment venu.

Si vous avez envie d'un fruit, n'attendez pas qu'il tombe de l'arbre, généralement trop mûr ou pourri : cueillez-le ! Jalonnez votre parcours d'étapes gratifiantes : une visite de musée, un match de foot, un dîner aux chandelles, une virée en montagne avec les enfants. Ne laissez pas passer les occasions d'être heureux.

Et sachez que pour profiter du temps, il n'en faut pas toujours ! C'est la disposition d'esprit, l'aptitude au bonheur qui compte. Le baiser du matin aux enfants aura une tout autre saveur si vous vous donnez le loisir d'apprécier la joie que vous ressentez à les voir là, souriants, autour de vous. L'amour qu'on ressent ne prend pas de temps, et celui qu'on donne ne saurait figurer dans la liste de ses tâches. Les plus grandes joies échappent à la pendule. Les petits bonheurs aussi : ne les laissez pas s'envoler. Vous traversez chaque jour un fleuve sur le chemin qui vous mène au travail ? Baisser les yeux pour saisir la lumière du soleil levant dans les reflets de l'eau ne vous coûtera ni temps, ni argent. Tout n'est pas sordide alentour : sachez vous complaire de la beauté environnante, vous réjouir de toutes les générosités dont vous êtes l'objet, savourez vos soirées amicales, sachez vous satisfaire d'un sourire et... levez-vous de bonne humeur. Vous avez toutes les raisons de vous réjouir : vous vous êtes réveillé !

Être un champion de la vie, c'est d'abord et toujours savoir l'apprécier.

Table des matières

6500

Achevé d'imprimer en Europe (France)
par Maury-Eurolivres – 45300 Manchecourt
le 6 février 2003.
Dépôt légal février 2003. ISBN 2-290-32418-3
Éditions J'ai lu
84, rue de Grenelle, 75007 Paris
Diffusion France et étranger : Flammarion